衝動的に、
「私と、お友達になって
いただけませんか、ヴァン公子」
そんな言葉を口にしてしまった。

アリス・アイルノーツ
ノアの二つ上の姉。
才色兼備という言葉が誰よりも似合う。
ノア・アイルノーツ
アイルノーツ侯爵家の次女。
姉のアリスと比べて、
落ちこぼれ扱いをされている。
〝精霊術〟の適性をもっており、
そのためハクの姿を見ることができる。

ヴァン・エスターク
エスターク公爵家の長男。
眉目秀麗と名高く、その能力は
王家からも高く買われている。
ハク
白いモコモコとした生物。
精霊と呼ばれる存在で、その中でも
上位に位置する高位精霊であるらしい。
カルロス・エスターク
ヴァンの父であり、エスターク公爵家現当主。
魔法の腕では世界でも五指に入るほどの実力者。

そして、そこで気付く。
気付いてしまう。
ヴァンからの告白に、
驚きはしてるものの、
全く嫌な気持ちがしない。

落ちこぼれ令嬢は、
公爵閣下からの
溺愛に
気付かない
アルト
ill. tatsuki

contents

イラスト：tatsuki
デザイン：百足屋ユウコ＋タドコロユイ（ムシカゴグラフィクス）
編集：庄司智

1話　落ちこぼれ令嬢

「――――私も、エスターク公爵家で行われるパーティーに同行を、ですか?」

　ある日突然、父から告げられた言葉に私は疑問で返してしまう。

　私にとってその言葉は、まさしく青天《せいてん》の霹靂《へきれき》であった。

「……そうだ。アリスと共に今回はお前にも同行して貰《もら》う」

　あからさまに嫌そうな顔で父が言う。

　アリスとは私の二つ上の姉で、才色兼備という言葉が誰よりも似合うお姉様。

　両親はそんなアリスお姉様を溺愛しており、反対にお姉様と比べれば平凡極まりない私の事はあまり好ましく思っていなかった。

　それ故に、家の汚点とも思われている私が屋敷《やしき》の使用人に陰口を叩《たた》かれていようと知らぬ存ぜぬ。

　どころか、身の程を弁《わきま》えさせる為《ため》にとあえて放置すらしている始末。

　自分の事ながら、こんな環境下にいながらよく塞ぎ込まなかったなと自分自身を褒めてやりたいくらいだった。

「……本来であればお前を同行させる気などなかったのだが、公爵閣下から子息令嬢には出来る限り参加して欲しいとのお達しを受けている」

　理由は不明。

だが、あえてそのお達しを無視し、先方の気分を害する必要はないと考えたのだろう。

特に、エスターク公爵家の次期当主とされるヴァン・エスタークは眉目秀麗と名高く、その能力も王家から特に高く買われているほど。

そう言えば、両親がアリスお姉様の婚約相手にヴァン公子を望んでいる云々《うんぬん》という話をいつだったか耳にしたような気がする。

……成る程。

なら余計に、たとえ落ちこぼれで家の汚点である私であっても同行させざるを得ないか。

寧《むし》ろ、分け隔てなく優しく接する素敵なご令嬢として売り込むにあたって私の存在はプラスに働くやもしれぬ。

とどのつまり、私はアリスお姉様の引き立て役として参加しろ、という事なのだろう。

「いいか、余計な事だけはするなよ。お前はあくまで、アリスの引き立て役でしかない」

釘《くぎ》を刺される。

わざわざ本人を前にそんな言い方はしなくて良いじゃないかと思ったけれど、言い返したところで何かが改善される訳もなく、寧ろ悪化するだけ。

そう割り切っていた私は、内心をおくびにも出さないよう気を付けつつ、「分かりました」とだけ返事をして呼び付けられた父の執務室を後にした。

◆◇◆◇◆◇

「……あぁ、さいあくだ。ほんと、私はお父様やお母様の都合のいいように動く人形じゃないってのにさ」

自室へと戻ってきた私は、先の父とのやり取りに対しての愚痴を吐く。

パーティーに参加しても、私に得らしい得がない事など分かりきっている。

だから、憂鬱極まりなかった。

「……絶対、落ちこぼれ令嬢だ。出涸《でが》らしだ。汚点だなんだって、パーティーで私、陰口叩かれまくるんだよ、これ」

両親の私を参加させたくないという思惑。

加えて、私自身のパーティーに参加したくない感情が見事に合致した事で、私がパーティーに最後に参加したのはかれこれ六年近く前の話だ。

でも、六年も前の出来事を私は昨日の事のように覚えてる。

なにせ、周囲の同世代の令嬢から散々な扱いを受けたから。

「ねえ、ハク。どうにかして、パーティーを欠席出来ないかな」

虚空に向かって、私は話し掛ける。

事情を知らない人間からすれば、私のこの行動は正気を疑うものだろうが、私は至って正気である。

それを証明するように、程なくして私の言葉に対する返事がやってくる。

同時に、何もない筈《はず》の場所から白いモコモコとした生物が姿を現した。

『無理じゃない？　出来ないから、ノアのお父さんだってあんなに嫌そうな顔で参加しろって言ってたんだし』

「……だよねえ。でもほら、諦めきれないっていうか。いや、ほんと、不参加に出来るならお父様達《たち》からの評価はどれだけ下がっても構わないんだけど」

『ノアの評価は、もう下限を何回か限界突破し終わってると思うんだけど』

「……ハクって本当、そういうところ容赦ないよね」

私に対して現実を現実として突きつけてくるこの生物の正体は――――〝精霊〟と呼ばれる存在。名前を、ハク。

羽の生えた蜥蜴《とかげ》のような姿をしているが、これでも〝精霊〟の中でも上位に位置する高位精霊であるらしい。

私がハクと出会ったのはもう随分と昔。

かれこれ、十年近い付き合いになるだろうか。

屋敷に居場所らしい居場所がなかった私が、こうして何とか逞《たくま》しく生きられているのも、ハクの存在が大きかった。

今や、かけがえの無い私の相棒である。

……物言いに遠慮がないのが玉に瑕《きず》だけど。

『そりゃ、現実逃避してどうにかなる訳じゃないからね。でもさ、そんなに嫌なら逆に評価を上げてしまえば両親からの協力を得られるんじゃない？』

まさかの逆転の発想。

しかし、ハクのその考えは割とアリではあった。ただし。

「……どうやって、お父様達の評価を上げるの？」

『そりゃあ、決まってる。僕を使えば――』

「却下。絶対やだ。それはなし。論外」

捲《まく》し立《た》てるように拒絶四連コンボを決めて、私はハクの提案を容赦なく一蹴した。

ハクは己を使えばと言ったが、それはつまり、魔法の才は勿論《もちろん》、他に突出した才もなかった私に〝精霊術〟の適性があったと伝えろという事だ。

その才を私があえて隠し続けている事を、ハクだけは知っていた。

「私の将来設計、ハクにも話したでしょ。私は、成人と同時に家を出る予定なの。その為にお金だって頑張って貯《た》めてるのに」

このままいけば、私の将来は間違いなく碌《ろく》でもないものになる。

貴族の令嬢として生まれた以上、貴族の責務を果たすべきなのだろうが、私は両親に対して、そもそも家に対して悪感情しか抱いていない。

だから、家名に泥を塗るだとか。

そういった事で気に病む心を持ち合わせておらず、それ故に私は成人と同時に家を出るつもりでいた。

「……それに、その事がなくても私は両親にだけは打ち明けないよ。打ち明けてどうなるの？　腹の内を知ってる両親から今更、チヤホヤされても嬉《うれ》しくも何ともないし。どころか、そんな事をされても、気持ちが悪くなるだけじゃない？」

〝精霊術〟の才能に目覚めたのは、本当に偶然。だけど、私は両親を含む屋敷の人間にだけは決してそれを打ち明けようとしなかった。

その理由は、これ以上、生家であるアイルノーツ侯爵家に関わりたくなかったからだった。

だから隠した。

それは、これまでも。

これからも打ち明ける予定はない。

『……ノアはさ。見返したいとは、思わないの？　これまで、散々酷《ひど》い事を言ってきた人間の度肝を抜いてやろう、とか』

「ないかな。それ以上に、相手にしたくないって気持ちのほうが大きいし。あ。あと、早く家を出たいから。私の願いはそれだけだよ、ハク」

それもあって、面倒事は極力避けたかった。

エスターク公爵家で催されるパーティーも欠席したい気持ちは山々だったが、恐らくそれは無理だろう。

会場の隅っこでひたすら時間が経過するのを待つか。隙を見て会場から抜け出して時間を潰して耐えるか。

「それに、〝精霊術〟をそんなつまらない目的に使う気はないから。そんなことで力を使ったら、手を貸してくれてるハクに失礼じゃん」

〝精霊術〟を扱うには、〝精霊術〟への適性は勿論のこと、契約を交わした精霊の助力が欠かせない。

私でいえば、ハクだった。

「というか、〝精霊術〟を滅多な事で使うなって言ったのはハクじゃなかったっけ？」

約十年前。

ハクと出会い、契約を交わした私は、ハクから口酸っぱく〝精霊術〟を滅多な事で使うなと言われてきた。

その理由は、私の力を悪用しようとする人間がいないとも限らないから。

だから、出来る限り使うなと言われてきた。

私としても、その忠告には納得しかなかったのでかれこれ十年近く聞いてきた訳なのだが、最近になってこうしてハクは使っても構わないと言わんばかりの物言いをするようになった。

『……僕としても、思うところがあるんだよ。契約者であるノアが、何も知らない人間に好き勝手言われるのは、腹が立ってた。いい加減、その認識を改めさせてもいいんじゃないかって、最近は思うようになってさ』

「……そっか。そっかそっか。いやあ、私の側にハクが居てくれて本当に良かった。お陰で、憂鬱だったパーティーもどうにか頑張れそう」

『なんでそこで僕にそんな生温かい視線を向けてくるのか、甚《はなは》だ理解に苦しむけど、力になれたなら良かったよ』

納得はしていないようだったけど、ジト目で私を見詰めながらハクは溜息《ためいき》を吐いた。

私がこうして笑っていられるのも、ハクが居てくれたから。

今度、ハクが好きなおやつでも作ってあげないとな。

そんな事を考えながら、私は相好《そうごう》を崩していた。

2話　ヴァン・エスターク

そして、経過する事、五日。

エスターク公爵家が主催するパーティー当日。

私は会場の隅っこの出来る限り人に気付かれにくいであろうポジションにて、愛想笑いを浮かべながらハクと会話していた。

「切実に。切実に、今、私は猛烈にハクになりたい」

『……それは、精霊になりたいって事？』

「ううん、私が言いたいのは――――」

私は、宙でふわふわと浮遊するハクに、羨望の眼差《まなざ》しをこれでもかとぶつけながら答える。

「――――その体質が死ぬほど羨ましいってこと!!」

精霊であるハクは、基本的に契約者である私以外にはその姿を認知されない。

勿論《もちろん》、ハクが意図的に周囲に己の存在を認知させる事は可能だが、基本的にハクの姿は私にしか見えていない。

かれこれ、六年ほど参加を拒んでいたパーティーである。

姉のアリスが才女として有名過ぎて、妹の私の落ちこぼれ具合も有名になってしまったせいで、寄せられる数々の負の感情が籠もった視線からどうにか逃げ出したかった私は、ハクのその体質が死ぬほど羨ましかった。

出来れば代わって欲しい。今すぐに。

「ねえ、ズルくない？　ハクだけズルくない？　あぁぁぁあ、もうやだ。家に帰りたい。いや、家も地獄だった。自室に籠もっていたい」

屋敷の中は両親や、陰口を平気で叩《たた》く使用人がいるので地獄だが、私の部屋にはハクが周囲からの声が聞こえないように仕掛けを施してくれている。

だから、自分の部屋は唯一とも言っていい私の安寧の場所であった。

「出涸《でが》らし」「落ちこぼれ」「出来損ない」「汚点」「欠陥品」

出来る限り、周囲の声は拾わないように努めてはいるが、それでもどうしたって耳には入ってきてしまう。

それに、まるで嫌がらせのように一々、私に視線を向けてくる人間が多いので嫌でも気付いてしまう。

両親も両親で、負けず劣らずの嫌悪の感情を向けてくるので、私のストレスゲージがとんでも無いことになっていた。

そして周囲の同世代の話題は専《もっぱ》ら、良き伴侶を見つけられるでしょうか、みたいな話。

こうしてエスターク公爵家が主催するパーティーに参加した令嬢の大半は、公子との縁談が目的だろうし、仕方がないといえば仕方がないのだが、私を引き合いに出し、悠長に構えてるとノア《私》さんのように誰にも相手にされなくなってしまう。

なんて事を本人がいる場で平気で言っている。挙句、侮蔑の視線も一緒に向けてくるので始末に負えない。

　正直、今すぐにでも会場から抜け出したかった。

「そう言えばさ、ハク」

『うん？』

「さっきからずっとエスターク公爵家の公子が見当たらないけど、一体何をしてるんだろうね」

周囲に人一倍気を配っていた事もあって気付けた事実。

パーティーの初めの方まではいたが、それ以降彼の姿を私は見ていない。

どころか、エスターク公爵家の人間自体が最低限しかこの場にいないような気がする。

単なる私の気の所為《せい》かもしれないけど、少しその事が気になってハクに話してみる。

『何か裏方に回って準備をしてるとかじゃない？　ほら、エスターク公爵家は今回のパーティーの主催者だし』

　ハクの言葉は、確かにと頷《うなず》いてしまうものであった。

　ただ、それにしてはエスターク公爵家の使用人達がやけに慌ただしそうな表情を浮かべているような……。

疑念を抱きながらも、私は私でこの場からどうやって抜け出してやろうかと思案する。

　そんな時だった。

私の視界に、見覚えのある青年の姿が映り込む。まるで誰かから隠れているかのような様子で、限りなく死角とも言える場所に彼――エスターク公爵家公子、ヴァン・エスタークはいた。

しかも、余程バレたくないのか、魔法で隠形《おんぎょう》のカモフラージュまでしている。

……どんな事情があるのかは知らないけど、ただ身を隠したいというだけの理由なら、才能の無駄遣いと言う他ない。

そう思いながら、私は何をしてるんですかと尋ねようとして――刹那、彼と目が合った。


――なんで、俺の姿が見えてんの。


きっと、驚愕《きょうがく》に目を見開いたヴァンはそんな事を思ったのだろう。

〝精霊術〟の才に目覚めてからというもの、こういった魔法による仕掛けは殆《ほとん》ど私には効かなくなってしまった関係上、見えてしまうのだから仕方がないとしか言いようがなかった。

しかし、驚いたのは彼だけでは無かった。

「……それ、と……白い、ドラゴン？」

「――え？」

彼の視線は、私の斜め上空――浮遊するハクへと向いた。

私を除いて誰にも見えない筈《はず》のハクの特徴を的確に口にした彼の発言に、私もまた驚いた。

ただ、誰かに見つかる訳にはいかなかったのだろう。生まれた驚愕の感情を一旦彼方《かなた》へ追いやり、我に返ったヴァンの姿が掻《か》き消《き》える。

そして次の瞬間、彼の姿は何故《なぜ》か私のすぐ側にあった。

「……悪いが、俺はあのクソ面倒臭いパーティーに参加する気はないからさ」

――君には巻き込まれて貰《もら》うよ。

そう告げて、ヴァン・エスタークに私は先程の死角と言える場所へ強制的に引きずり込まれる事となった。

3話　嫌われ者の精霊術師

（……そういえば）

ヴァンに敵意が無かったからだろう。

手首を軽く掴《つか》まれ、無理矢理引き込まれたにもかかわらず、私は抵抗しようとは思わなかった。

ハクもそれに気付いているのか、はたまた別の理由があったのか、何か手段を講じようとする様子はなかった。

（ヴァン・エスタークって、お姉様の手紙すら殆《ほとん》ど受け取っていなかった人だったっけ）

理由は知らないが、公子達から幅広く人気を集めているお姉様であっても、無下にとまではいかないがあまり相手にされていなかった。

眉目秀麗で魔法師としての才も文句のつけようがない。

そんな完璧超人のような人物にもかかわらず、婚約者どころか恋人がいるという話一つ聞かない。

それが、噂《うわさ》でよく耳にするヴァン・エスタークという人物像。

ふと、私の頭の中でとある可能性が浮かび上がった。

ヴァン・エスタークがこうして身を隠すようにパーティーの会場から姿を消していた理由は

――何らかの理由で、参加したくなかったからではないだろうか。

それ故に逃げ出したヴァンを探していたから、使用人達もああして慌ただしかったのではないだろうか。

……そう仮定すると、何もかも辻褄《つじつま》が合う気がした。

やがて、掴まれていた手が解放され、私はヴァン・エスタークと比較的近い距離で向かい合う事となった。

「……あの。ヴァン公子ですよね」

一応、確認だけはしておく。

間違ってるとは思わないけど、万が一、他人の空似という線もある。

私が噂で聞いたヴァン・エスタークの特徴には、品行方正というものもあったはず。

家が主催したパーティーで、主役とも言える立場にありながら、こんな場所でサボりを決め込むとはとてもとても……。

「意外か？」

散々過ぎる実家での生活にて培った、顔に感情を出さない無駄な特技を習得した筈《はず》の私の内心を見抜いたのか。

ヴァンはそんな言葉を口にした。

「……意外、と言えば意外ですね。ヴァン公子は、もっとお堅い人かと思っていた——の、で」

言い終わってから、私は自分の失言に気付いた。まるで私のようにパーティーから逃れようとする様子を見た直後だったから、つい本音を口にしてしまった。

相手は公爵家の公子。

今なら間に合う。

だから、今すぐに訂正を――――。

「曲がりなりにも公爵家の後継ぎだからな。俺の我儘《わがまま》で家に迷惑を掛けるのは最大限避けたいから外面《そとづら》には一応、気を遣ってる。ただ、あくまで最低限だ。嫌なものは嫌だし、面倒なものは面倒だ。だからこうして好き勝手に逃げさせて貰《もら》ってる」

小さく笑いながら、ヴァンが答える。

無礼な事を申し上げたと自覚していた分、その反応は私にとって少し衝撃的だった。

「とはいえ、まさか親父《おやじ》殿以外の人間にバレるとは思ってもみなかったが」

エスターク公爵家は、魔法師の名門とも言える家柄。

目の前のヴァン・エスタークの父である現当主は確か、魔法の腕では世界を見渡しても五指に入る程の実力者だった、はず。

彼ならば、先の隠形《おんぎょう》も難なく見抜けた事だろう。

「……あぁ、えっと。その、あの、あれは偶々《たまたま》と言いますか。と、ところで、ヴァン公子はどうして隠れていらしたんですか?」

〝精霊術〟の事を深掘りされるのは出来れば避けたかったので、不自然でしかなかったが、私は強引に話を変える。

「単純に、このパーティーが嫌だったから。それ以上でもそれ以下でもないな」

「い、嫌……ですか」

あまりに単純過ぎて、ぽかんと呆《ほう》けてしまう。でも、それも刹那のこと。

「それじゃあ、私と同じですね」

ありのままの感想を私は告げた。

ヴァンもまた、私の言葉に驚いているようだった。

もしかすると、責任感のかけらもない言葉を、咎《とが》められると思っていたのかもしれない。

「いきなりだったので驚きはしたんですけど、私もヴァン公子と同じで、どうやって抜け出そうかって考えてたので」

「……そういえば、君だけがあそこに居たな」

「はい。私、嫌われ者なので」

出来る限り目立ちたくなかったから、会場の隅に立ち尽くしていた事をヴァンは知っている。なにせ、あの場所で丁度、目が合ったから。

「嫌われ者……というと、もしかしてそれが原因か？」

視線がハクに向く。

途中、ハクの存在に気づいているような口振りをしていたし、誤魔化せないよねえと思いながら、どうしよう、どうしようと私は目を泳がせてしまう。

「君をこうして強引に巻き込んでしまった事には俺も申し訳なさがある。だから、その詫《わ》びとしてその白いやつをどうにか――」

「わ、わわわ！　ち、違うんです！　私が嫌われてる事にハクは全く関係なくて。ハクは私の唯一の家族のような存在なので、それはなしで!!」

まるで、始末してやると言わんばかりの様子に、私は慌てて止めに入る。

ここで誤魔化すと、悪霊に知らず知らずの間に取《と》り憑《つ》かれていると誤解される可能性もあったので、私は観念してハクの存在を認める事にした。

『ま。君が本気を出しても僕を消滅させる事は出来なかっただろうけどね』

「……なに張り合ってんの、ハク」

『僕にも精霊としてのプライドがあるんだよ』

よく分からないプライドだった。

ただ、ハクの存在がバレてしまってるからと割り切ったからか。

私以外には見えないようにしていた筈のハクは、己の姿を晒《さら》し、私と会話を始める。

「……精霊、成る程。精霊術師だったか。という事は、その白いのは精霊か」

『……知ってるんだ？』

「うちの曾祖母《そうそぼ》が確か、精霊術師だった筈だ」

『ああ、だから僕の姿も見えてたのか』

基本的に、私以外にハクの姿は見えていない。それは、ハク自身が言っていた事だ。

だが、例外もあるらしい。

「しかし、精霊術師か。道理で俺の姿がバレる訳だ。親父殿でさえも、曾祖母には頭が上がらなかったからな」

精霊術師なら、俺の隠形を見抜けて当然かとヴァンは納得する。

私は他の精霊術師を見たことすらなく、どれだけ凄《すご》いのかも分かっていなかったので、そうでしょう。そうでしょう。と胸を張る事は勿論《もちろん》、出来る訳もなかった。

「けれど、同世代の人間に精霊術師がいたなんて話は聞いた事もなかったが」

『そりゃ、ノアは隠してるからねえ』

「何故？」

「だって、その。ほら、面倒臭いじゃないですか」

こうしてヴァンに話してしまった理由は自分でもよく分からない。

ヴァンがもしお父様達に話したら面倒な事になるのは火を見るより明らかだ。

でも、彼はそんな事をしないという妙な確信が私の中にはあって、何より彼は貴族なのに、やけに話しやすかった事が一因だったのだろう。

「……そう、だな。俺もこうして、俺の婚約者を決める為だなんだと親父殿が勝手に催したパーティーから抜け出した身だからよく分かる。確かに、精霊術が使えると露見すれば、面倒臭い事になるのは間違いないな」

笑いながら、ヴァンは納得してくれた。

「俺は、貴族令嬢と呼ばれる人間が苦手だと何度も言ってるのに、親父殿が全く聞く耳をもたなくてな。このざまだ。精霊術が露見すれば、君も俺みたいな事になるかもしれない。だから、隠せるのなら隠しておいた方がいいだろうな」

婚約者云々《うんぬん》という問題で、振り回される事は必至。だから俺のようになりたくないなら、隠しておくべきだと言われた。

『……一応、言っておくけど、ノアも貴族令嬢だからね』

「「………」」

ハクの一言に、微妙な空気が場に降りる。

当たり前のようにうんうんと聞き流してしまったが、そうだった。

私も貴族令嬢なんだった。

「……実は平民とか？」

私の出自を疑われた。ひどい。

「じ、自分でも貴族令嬢らしくないとは思ってますけど、一応これでも正真正銘の貴族令嬢ですから……！」

「悪い、悪い。冗談だ。何というか、俺の知ってる貴族令嬢感が君にはなかったんだ。正直、この精霊に言われるまでその事を本気で忘れてたし、貴族令嬢と自分がこんなに普通に話してる事に驚きしかない」

悪気はないと言われて、私は怒りを収める。

「……どうしてヴァン公子は貴族令嬢の方が」

「しっ」

――苦手なんですか。

そう聞こうとした瞬間、ヴァンの人差し指が唇に押し当てられた。

静かにしろ、という事らしい。

急にどうしたのだろうかと思った刹那、どこからともなく声が聞こえてくる。

それは、パーティーの初めに聞いた声。

ヴァンの父であり、エスターク公爵家現当主カルロス・エスタークの声であった。

「……あの馬鹿息子は一体、どこに逃げたのやら」

ヴァンが逃げた事は既にバレバレだった。

いや、ヴァンがそうする人間と知っているからこそ、多少強引にでも彼と誰かとの出会いの場を設けたと考えるべきか。

「不味《まず》いな。親父殿まで俺を探してるのか。客の対応で掛かりきりになると踏んでいたんだが」

魔法の腕は最早いわずもがな。故に、ヴァンの隠形の魔法も然程《さほど》意味をなさない。

声が聞こえるという事はカルロスさんが比較的近くにいるという事。

もうこれは詰んでしまっているのではないか。そんな事を思ったけれど、ヴァンは諦める気がないのだろう。

「ノア、って言ったよな」

「は、はい」

「ここから移動する。だけど、俺一人だと親父殿の目を掻《か》い潜《くぐ》れない。だから、力を貸してくれ」

パーティーをサボりたいという碌《ろく》でもない目的ながら、それは奇跡的に私達の間で合致していた。

精霊術の事もバレてしまっている手前、ここはもうヴァンと協力してとことんサボってしまおう。

私の中で方針は纏《まと》まった。

ハクも、面白おかしそうにこちらを見てるし、反対する気はないのだろう。

「……でも、移動するって言ってもアテはあるんですか？」

「屋敷の外にはなるが、いい場所を知ってる」

時間は、あまり残されていない。

だからヴァンのその返事を聞くや否や、私は精霊術を行使し、屋敷を抜け出す手伝いをした。

全くもって褒められた行為ではなかったが、誰かと一緒になって何かをする事が初めてだったからかもしれない。

少しだけ楽しくて、気が付けば私は笑っていた。

4話　初めてのお友達

やがて辿《たど》り着《つ》いた先は――――小さな湖。

そのほとり。

時間帯が夜更けに近い事もあって、水面に映る月がとても綺麗《きれい》だった。

「……流石《さすが》にここまで来れば大丈夫だろう」

ぜぇ、はぁ、と息を切らしながら、私達は地面に腰を下ろした。

カルロスさんは流石に高名な魔法師なだけあって、幾度となくバレかけた。

おそらく、もう一度逃げろと言われても無理だと思う。そう感じる程度にはぎりぎりだった。

「悪、いな、こんな事に巻き込んでしまって」

「い、え。私も、パーティー中は居心地が悪かっ、たので、大丈夫、です」

呼吸を落ち着かせてゆく。

ずっとふわふわ浮遊していたハクだけが、余裕そうに私達を見下ろしている。

やっぱり、その体質ズルいと思うんだ……！

「そう、言えば、何か俺に聞こうとしてなかったか？」

「あぁ、えっと、その、どうしてヴァン公子は貴族令嬢の方が苦手なのかなって思って」

接した感じ、そんな気配は少なくとも私には感じられなかった。

でも、ここまでして逃げるという事は筋金入りなのだろう。

その理由が、少しだけ私は気になっていた。

「………」

ヴァンが閉口する。

もしや、答えたくない質問だったのだろうか。

謝罪をして、撤回しようとする私だったが、それより先にヴァンの言葉が続けられた。

「苦手というか、単なる俺の我儘《わがまま》だな」

「我儘、ですか」

「貴族として生まれたからには、割り切るべき部分であるという自覚はある。ただ、出来れば俺は、少なくとも自分と対等に過ごせる人と結婚したいんだよ。特に、同世代の同性からも、気取っているだなんだと言われて嫌われてるから、余計に、な」

ヴァンの瞳の奥には、羨望に似た感情が湛《たた》えられていた。

「俺も、見合いのような事をした経験はある。でも、全員が全員、俺を頼んでもないのに褒《ほ》め称《たた》えてくる。頼んでもないのに機嫌を窺《うかが》ってくる。で、時にはエスターク公爵家という名があるが故に怯《おび》えられる。それが、窮屈で仕方がなかった。仕方がないって事は分かってる。これが俺の我儘でしかない事も分かってる。ただ俺は、結婚するなら一緒に笑い合えるようなやつとが良かった。その気もないのに相手をするのは失礼でもあるだろ？　あぁ、いや、これは俺の逃げを肯定する理由でしかないか。……まぁ、そういう訳で俺は貴族令嬢という人間が苦手なんだろうな」

公爵家の後継ぎという立場上、彼には対等な友も殆《ほとん》どいない事だろう。

これは当然といえば当然で、どうしようもない事ではある、家格の違いは絶対だ。

加えて、婚約者候補としてやって来る人までもが彼にへつらう人間で、嫌気がさしたのだろう。

だから、ヴァンは貴族令嬢……というより、自分を無条件で褒め称え、機嫌を窺う人間の事が苦手になった。

それらを苦痛に思う人間であれば、ああしてパーティーから逃げ出そうとするのも分からないでもない。

私とは全然境遇は違うのに、なぜか、それを聞いて私は彼に親近感を覚えた。

だからなのかもしれない。

「じゃあ、私と――――」

衝動的に、

「私と、お友達になっていただけませんか、ヴァン公子」

そんな言葉を口にしてしまった。

「…………」

案の定、ヴァンは驚いて目を見開いていた。

私には、ハクがいた。

だから、孤独に苛《さいな》まれずに済んだ。

でも、彼の下にハクはいない。

故に、私が彼のハクになろう。

接した時間は少なかったけれど、私には彼が悪いような人には見えなかった。

それに、彼と過ごした時は悪くなかった。

楽しかった。

私も、好き勝手言える友達が欲しかった。

「って、私ってば何言ってるんだろ。ヴァン公子は貴族令嬢が苦手だって散々言ってたのに」

「そう、だな。俺も君の事は嫌いじゃない。ヴァン・エスタークと知っても、俺を一人の人間として普通に扱ってくれたのは君が初めてだ。だから、君さえ良ければ俺の友になって欲しい」

慌てて訂正する私だったけど、何故か受け入れられた。

あれ、いいの？　それでいいの？

なんて思ったが、ヴァン自身が受け入れてしまった手前、ここでやっぱなし！　と言う勇気は私にはない。

ヴァン公子とお友達って、私は一体何を考えているんだと思ったが、起きてしまった事は仕方がない。

うん。割り切ろう。

そう決めて、軽く現実逃避をした。

それからというもの、隠す理由も無くなったのでヴァンに精霊術を見せたり。

色々と話したり。

逆に魔法を見せてもらったりしていると、あっという間にパーティーの終わりの時間がやって来た。

勿論《もちろん》、一緒になって抜け出した事を周りに悟られる訳にはいかないのでお別れの挨拶を言う機会には恵まれなかったが、どうしてか、それ以来、エスターク公爵家のパーティーに誘われる事が増えた。


それから、手紙の交換も始めてみた。


初めの頃は、ヴァン公子。ノア嬢。

他人行儀極まりない呼び方をお互いにしていたのだけれど、友達なのだからという事で手紙のやり取りを始めた際に呼び方も二人だけの時は敬称を取るようになった。

そんなこんなと、友達らしい事をするようになってから時が過ぎること、二年。

成人まであと一年と迫ったところで、私に災難が降り掛かった。

これまでよりもずっと、楽しそうに過ごす私の事が気に食わなかったのかもしれない。

姉のアリスが両親に有る事無い事を吹き込み、その結果、私は二十も歳《とし》の離れた辺境伯の側室に迎えられるという縁談を進められてしまった。

アリスお姉様は、にこやかな笑顔を浮かべて「良かったわね」と言っていたが、私に言わせれば私怨丸出しにしか見えなかった。

「――――よし、一年早いけど家を出よう」

元より、成人になるタイミングで家を出るつもりだった。

一年早まる程度、最早《もはや》、誤差である。

そう思い、これから家を出るから手紙のやり取りが出来なくなる。

パーティーにも出席する事はなくなる。

でも、落ち着いたらまた会いに行くから。

そう書き記し、私がヴァンに手紙を送った三日後。またしても、エスターク公爵家からパーティーの招待状が届いた。

勿論、この二年間ずっとそうだったが、子息令嬢は参加して欲しいというお願いつきの招待状。

『ええ。きっと、ヴァン公子もわたくしの事を気に入って下さってるんですわ』

アイルノーツ侯爵家だけは、絶対に毎度パーティーに招待されていたからだろう。

上機嫌な様子のアリスお姉様だったが、その様子を前に、アリスお姉様の事は苦手だとヴァンが言っていたよと伝えようか悩んだけどやめておいた。

　面白い反応をする事は請け合いだろうが、そのせいで家を出られなくなってしまっては笑うに笑えなくなるから。

そして、私にとっては最後の出席になるであろうエスターク公爵家主催のパーティー。

既に手紙では伝えておいたが、当分はヴァンにも会えなくなるだろうし、悔いがないように……と思いながら、今日も今日とて会場の隅っこに移動するより先に、何故かヴァンがすぐ側にまで歩み寄って来る。

「ご無沙汰しております。アイルノーツ卿《きょう》。本日は、卿に折り入ってご相談がありまして」

その言葉に、お父様は背筋を伸ばした。

アリスお姉様は花が咲いたような笑みを浮かべる。

周囲にも、エスターク公爵家が常にアイルノーツ侯爵家をパーティーに招待していた事は伝わっている。

だから、漸《ようや》くその時が来てしまったかと言わんばかりに黄色い声が上がった。

……もしや、と思ったが、今回の私の沙汰については自力で何とかするからと伝えてある。

ヴァンの力を借りる気はないし、元より家を出る予定だったと彼にも伝えている。

だから余計にヴァンの行動の意図が分からなかった。

「ご無沙汰しております。ヴァン公子。それで、頼み事というのは……」

「単刀直入に申し上げると、俺の縁談についてです。俺は、アイルノーツ侯爵家と縁を結べればと考えています」

「それ、は。それは、それは、光栄な事でありますな。こちらとしましては、娘の嫁ぎ先もまだ決まっておりませんでしたし、断る理由はありません」

両親はあからさまに喜んでみせ、アリスお姉様も感極まったような表情を見せるが、私だけは複雑な心境に見舞われていた。

少なくとも、ヴァンはアリスお姉様と結婚する気はないと言っていた筈《はず》だ。

なのに、どういう心境の変化なのだろうか。

詳しく尋ねたいが、両親と姉がいるこの場で尋ねられる訳もなく、私の頭の中で疑問符だけが増殖する。

ただ、その疑問は程なく解決する事となった。

「良かった。実は断られるんじゃないかと思ってヒヤヒヤしてたんです。だから、そういう事だ」

最後の言葉は、両親ではなく私に向けられている気がした。

そしてそれは、気のせいではなかったようで。

「今日から俺の婚約者になってくれないか――ノア」

「え？」

手を差し伸べようとしていたアリスお姉様の側を素通りして、三歩後ろで待機していた私の目の前で、ヴァンはそう告げ微笑《ほほえ》んだ。

勿論私は、訳が分からなくて素っ頓狂な声を上げてしまった。

5話　婚約者に指名されたワケ

ヴァンの発言に頭が真っ白になったのは私だけではないようで、その衝撃的な発言と行動に、先程までの黄色い声が嘘《うそ》のように会場は静まり返ってしまう。

そんな中、どうにか絞り出すように口にされたアリスお姉様の言葉によって沈黙が破られる。

「……ぁ、あの、ヴァン公子？」

信じられない。

何かの嘘ではないのか。

常に自分に自信を持つアリスお姉様らしくない様子だったから、姉がどういう事を考えているのかが手に取るように分かってしまった。

だが、アリスお姉様が思い浮かべているその可能性は、今し方、三歩後ろで待機していた私の目の前で優しく微笑んだヴァンの行動が容赦なく否定している。

ヴァンが私とアリスお姉様を間違えたという可能性は皆無と言っていいだろう。

だからこそ、アリスお姉様は余計に目の前の光景を信じられなかったのかもしれない。

ちなみに私も信じられなかった。

『成る程？　確かに、ヴァンはアイルノーツと縁を結びたいとは言ってたけど、アリスとは言ってない。何も嘘は吐《つ》いてないって訳だ』

唯一冷静だったハクが、この珍妙な光景を見下ろしながら優雅に考察していた。

確かにそうなんだけど。

確かにそうなんだけども……！

（後で全部説明する）

どういう事なんだと目で訴え掛ける私を見詰めながら、口パクでヴァンが答える。

パーティーから抜け出しては、時折、エスターク公爵家の御当主から逃げる。

その際に、音を立てず、時間を掛けずに意思疎通を何度も行っていた事もあって、アイコンタクトはばっちりであった。

「どうかなさいましたか、アリス嬢」

肩越しに振り返り、ヴァンがアリスお姉様の呟《つぶや》きに応じる。

「……失礼ですが、名前を間違ってはいらっしゃいませんか。とてもじゃありませんが、ノアがヴァン公子と釣り合うとは思えませんの」

アリスお姉様は、才色兼備なアイルノーツの才女を、ノア・アイルノーツと勘違いしている線を疑っているようだった。

『落ちこぼれ』『出涸《でが》らし』『出来損ない』

呼ばれた蔑称は数知れず、そんな私がヴァンと釣り合う訳がない。

その気持ちは私としても分かるが、二年も頻繁にパーティーの招待をされておいて名前を覚え間違っていたという可能性は、冷静になればあり得ないとすぐに分かる事だろう。

だが、それを考えられるだけの冷静さすら今のアリスお姉様からは削り取られていた。

「ヴァン公子のような素敵な殿方には、わたくしのような人間が相応《ふさわ》しいに決まっていますわ」

そんな自信過剰が許され、罷《まか》り通《とお》る程にアリスお姉様は完全無欠とも言える容姿。

そして、才を持っていた。

対して私は、パーティーでは決まって隅っこにて時間を潰し、交友関係もかなり狭い。

才能も言わずもがな、特に魔法の才は姉に劣るどころか、手も足も出ない始末だ。

容姿だけは、姉妹という事もあって似ているが、華があるのはアリスお姉様の方だ。

私がそんな事を思う側で、愛想笑いを顔に貼り付けていたヴァンが答える。

「確かに、貴女《あなた》は素敵な女性だと思います。容姿は端麗で、頭脳明晰《めいせき》。魔法の才能も突出している。家格も高く、人望もあるようだ」

自分の方が相応しいと口にするアリスお姉様を擁護するように、同調する声、仕草を見せていた他の令嬢達を見て、ヴァンは淡々と述べる。

「ただ、俺はノアがいい。これはそれだけの話です。それに、彼女を俺の婚約者として迎える件については、親父《おやじ》殿も賛同してくれています。ノアならば、文句はないと」

……初耳だった。

というか、私はパーティーから抜け出すヴァンの手助けをしていた張本人なので、かなり恨まれてる気がしてたんだけど、何故賛同してくれているのか。

ヴァンの出まかせだと思うが、もしこれが事実なら不気味極まりない。

いい根性してるなと絞られる未来しか見えなかった。

「……エスターク卿《きょう》が?」

ヴァンの発言に、お父様が驚きのあまり声を上げていた。

きっと、まるでエスターク公爵が私の事を以前から知っているかのような物言いが引っ掛かったのだろう。

カルロス・エスターク。

エスターク公爵家が主催するパーティーに何度も参加しているので顔はよく知っている。

性格は、少しだけ気難しそうな人。

武人気質、とでもいうべきか。

勿論《もちろん》、私は一度として話した事も、面と向かって挨拶した事もない。

「しかし、ですな。ヴァン殿には大変申し上げ難《にく》いのですが、うちのノアは」

恐らく、アリスお姉様の憂さ晴らしで勧められた縁談の事を持ち出そうとしたのだろう。

だが、待ってましたと言わんばかりにこのタイミングで、被《かぶ》せるようにヴァンは声を張り上げる。

「ええ。ですから、こうして恙《つつが》なく婚約の件を了承して貰《もら》えてホッとしています。この件については後ほど、父も交えてお話しさせて頂ければ。それと、少し彼女と話がしたいのですが、お借りしても?」

にっこりと笑うヴァンの顔は、それはもう満面の笑みという言葉がピッタリだった。

お父様も、娘の嫁ぎ先は決まっていないと言質《げんち》を取られた事。

可愛《かわい》がっていたアリスお姉様ではないとはいえ、エスターク公爵家と縁が結べる事。

それらに対して葛藤していたのだろう。

生返事となりながらも、お父様が「……え、ええ」と肯定した事で、ひとまず私は愛想笑いを浮かべるヴァンに手を引かれ、この場から離れる事となった。

◆◇◆◇◆◇

「それ、で」

案内された部屋の中。

ハクも入れて二人と一匹となった空間で私は足を踏み入れて早々、ヴァンに今回の件について訊《たず》ねようとして。

「さっきのアレはどういう事か説明――あいたっ⁉」

おでこにデコピンを食らって悶絶《もんぜつ》する羽目になった。額をおさえる。

軽くの一撃だけど、痛い。

ちょっとヒリヒリする。

「……なん、で、デコピン」

「アレを説明する前に、まず俺の質問からだ。なんで、あんな無茶をしようとした」

「む、無茶……？」

珍しくヴァンが怒ってた。

でも、私には怒られる原因に心当たりがなかった。目を丸くする私の反応を見て、内心を見抜いたのだろう。

ヴァンはあからさまに溜息《ためいき》を吐いた。

「……家を出るつもりだったんだろ」

不機嫌な心境を隠す事すらせず、低くなった声でヴァンは答えを口にした。

だけどやはり、怒られる原因に覚えがない。

ヴァンには迷惑を掛けないように、自力で何とかすると伝えたし、そもそも家を出る事についてヴァンは賛成してくれていた筈《はず》だ。

「……ヴァンも賛成してくれてたじゃん」

「ああ、そうだな。これまでは賛成してた。でも、今とこれまでとじゃ状況が違うだろ」

「一年早いか、そうじゃないか？」

そこで、ヴァンが怒ってる理由を察した。

だからあえて、私はとぼけた。

「……縁談についてだ」

一年早いか、遅いかなど、誤差の範疇《はんちゅう》。

問題は、ヴァンの言うように姉の憂さ晴らしでとはいえ、進められてしまった縁談の件。

明らかに嫌がらせのような相手かつ、何人目かも分からない側室。

次女とはいえ、侯爵家の令嬢に対する扱いではないだろう。

そこに対する嫌悪を責められている訳ではなかった。

責められているのはそれに対する解決方法。

「あのまま家を出て、どうなるかが分からないお前じゃないだろ。実家は勿論、辺境伯にまで恨まれてたぞ」

分かってる。

そうなった時、実家と辺境伯が私に対してどういう対応をする可能性があったかも、勿論。

でも、私に縁談を断る方法はなかったし、抗議しても無駄という事はよく分かってる。

だったら、何もかも捨ててハクと一緒に人里離れた場所でひっそり暮らすのも悪くない気がした。だから、家を出ようと決めた。

「なぁ、ノア」

名前を呼ばれる。

……厳密には、家を出る以外にどうにかする方法はある事にはあった。

既に進められた縁談をどうにかする方法。

それは、

「どうして、俺を頼らなかった？」

エスターク公爵家の人間であるヴァンに助けてと泣きつく事。

でも、私はそれをしなかった。

どころか、必要ないと手紙で送った。

「……だって、私の事情でヴァンに迷惑を掛ける訳には」

「俺達は、友達だろうが」

――――いかないから。

私が言い終わるより先に、ヴァンが言葉をかぶせた。

「困った時は、俺を頼ればいいだろうが。俺は、友に頼られる事を面倒とは思わない。寧《むし》ろ、心を許せる友人との時間を、こんな下らない事で失う方が問題だ」

決して冗談を言っている訳ではなく、そう口にするヴァンの表情は真剣そのものだった。

「……流石に、やり過ぎじゃない？」

姉からの嫌がらせで決まった縁談を白紙にする為とはいえ、これまでヴァンが執拗《しつよう》に拒んできた婚約というカードを切るのはやり過ぎのように思えた。

「元より、親父殿が婚約者を決めろと五月蠅《うるさ》かったんだ。ノアが俺の婚約者になればその件で口《くち》煩《うるさ》く言われる事もなくなる。だから、俺にとっても都合が良かった」

もしかして、私が気に病まないようにって気遣ってくれてるのだろうか。

「そっ、か」

本音を言うと、私としてもヴァンに迷惑を掛ける事は忍びなかったけど、実家と辺境伯から恨まれる人生は勘弁願いたかったのも事実だった。

だから。

「……ごめん。それと、ありがとうね。ヴァン」

「気にするな」

友達なのに、本音を打ち明けずに遠慮してしまった事に対する謝罪。

加えて、多少強引だった気もするけど、今回の件についての感謝を素直にしておく事にした。

「……で、なんだけど」

「うん？」

恐らく、ヴァンからの質問はこれで終わりの筈だ。

ついでに、今回の婚約の件も私の事を思っての行動という事も分かった。

ただひとつ、大事な疑問が残っている。

「この婚約に、ヴァンのお父様も賛成してくれたって言ってたよね」

「ああ、言ったな。言っておくが、出まかせじゃないぞ。正真正銘、親父殿はノアとの婚約に賛同してた。というか、そうでもないとこうして強行は出来なかっただろうからな」

もっとも、その時はその時でまた別の手段を考えただろうがな。

そう口にしてくれるヴァンは、頼り甲《が》斐《い》しかなかったが、彼はおかしい部分に気付いていないのだろうか。

私は、ヴァンのお父様と会話した事は一度もない。どころか、こうしてヴァンの将来を案じてパーティーを開催していたお父様の前で、抜け出していたヴァンの手助けをしていた張本人である。

勿論、ヴァンも体裁を考えて最低限出席はしていたが、私の存在は御当主からすれば目の上のたんこぶだろう。

どう考えても歓迎されるとは思い難い。

それこそ、お姉様と勘違いしているのではないだろうか。

「……私、殺されたりしないよね？」

「殺、される……？　く、くくっ、なんでそんな話になるんだよ」

飛躍に飛躍を重ね、そんな言葉が出てきた。

そして、ヴァンに笑われた。

「あぁ、それと黙ってたが、一緒にパーティーから抜け出していた件は二年前からバレてるぞ」

「いやそりゃ、ヴァンが抜け出していたのがバレてるのは当たり前……で？」

あれ。今なんか聞き逃しちゃいけない言葉が聞こえた気がする。

一緒にとか、なんとか言ってた気がする。

「そもそも、俺の力量で親父殿から逃げ切るなんて不可能だからな。俺が一人で抜け出してる訳じゃない事はすぐにバレた。で、その相手がノアって事もバレた。一応、親父殿も精霊術師だった曾《そう》祖母《そぼ》の血を引いてるからな」

ハクの存在にヴァンが気付けるのだ。

確かに、御当主が気付けない道理はない。

「……あれ。じゃあなんで私は怒られた事すらないんだろう？」

ヴァンのお父様の予定を滅茶苦茶《めちゃくちゃ》に狂わせてた張本人なのに、小言一つ言われた記憶がない。

「これは俺の勘違いだったんだが、このパーティーは俺が同世代の人間と誰一人として打ち解けない事を心配しての行動だったらしい。要するに、交友関係を広げる為のものだったようだ」

思えば、パーティーには子息令嬢の参加が求められていた。

婚約者を探すだけなら、令嬢のみに限定すべきだ。そうでないという事は……あぁ、そういう事か。

「だから、褒められた行為ではなかったが、ノアと共に抜け出していたのを一応、黙認していたらしい」

「……いやでも、私達結構追いかけ回されてなかった？」

「精霊術師とはいえ、曾祖母以外に後《おく》れを取るのは親父殿のプライドが許さなかったのと、今後の事を考えても、次期当主ともあろう人間が毎度抜け出すのは看過できない。パーティーに出席して交友関係を広げろ。という親父殿なりの訴えだったらしい」

前者はともかく、後者はもっともな意見だった。

「まあ、そういう訳で親父殿としては家格的にも問題はないし、曾祖母と同じ精霊術師であるし、と反対する理由もないから賛成するって感じだったな」

なんか色々と軽い気がするけれど、その部分にこうして助けられた私が文句を言うべきではないだろう。

「だから、親父殿にそうビクビクする必要は何処《どこ》にもないぞ」

そう言われて私は安心した。

「ただ問題があるとすれば……この後、だな」

「この後……？」

不穏な言葉に眉を顰《ひそ》める。

「今回のパーティーに招いた貴族達の前で、婚約の件を周知させる必要がある。だから、ノアにも前に立って貰う事になる」

ヴァン以上に貴族が苦手……というより、避けたがっている私にとってそれは、確かにかなりの大問題であった。

殆《ほとん》ど、仮のような婚約だけれど、それでも相手は公爵家の後継ぎであるヴァンだ。

なんでこんな奴《やつ》が。

などと言われる未来は透けて見える。

というか、私自身でさえも、なんでこんな奴がって思ってるし。

「……確かに、それは大問題だね」

どうやって逃げるか――いや、今回は逃げられないんだ。ヴァンの面子《メンツ》を潰す訳には絶対にいかないし、考えるならどう耐え抜くかだ。

頭を悩ませていたからだろう。

私もヴァンも、先程から終始静かだったハクが部屋の外――会場がある方角を険しい表情で見詰めては、忙《せわ》しなく視線を動かしていた事にまだ気付けていなかった。

6話　王都のゴタゴタと嫌な予感

――一体、どういう事なのかしら。

――どうしてヴァン公子は、アリスさんではなく、落ちこぼれの妹さんを選んだの？

――もしかして、実は。

ヴァンとノアが居なくなった会場。

しんと静まり返った会場では、小声の会話がよく響いた。

そしてそれは、未《ま》だ現状を正しく理解出来ていない……否、頭が追いついていないアリスの耳にもしっかりと届いていた。

『俺はノアがいい』

だが、ヴァンが言い残したその言葉のせいで、冷静に物事を考える力すら削り取られているアリスに、周囲の声を咎《とが》めるという選択肢はなかった。

彼女の頭にあるのは、何故そうなってしまったのかということ。

それがぐるぐると堂々巡りのように頭の中でひたすら繰り返される。

ヴァンの言葉を鵜呑《うの》みにするならば――まるでそれは、己がノアに劣っているようではないか。

容姿も。頭脳も。魔法の才も。人望も。

何もかもがノアより優れている己が、何故ああ言われなければならないのか。

何故、よりにもよってノアが選ばれたのか。

間違いなく、自身が選ばれる筈《はず》だった。

周囲の貴族達は勿論《もちろん》、両親も、誰も彼もがお似合いと褒め、選ばれると断言してくれていた。なのに。

なのに、なのに、どうしてこうなった？

どこから――――自分は間違っていた？

「どうして、ですの？」

無意識のうちに、アリスの口から疑問がこぼれ落ちた。

隣では、両親が必死に茫然《ぼうぜん》自失《じしつ》のアリスを励まそうと、ぎこちない様子で言葉を投げ掛けてくる。

しかし、それらの言葉は右から左へ素通りしていた。アリスが求めているのは励ましの言葉ではない。

彼女が求めているのは、これはタチの悪い夢だ。という言葉一つだけだった。

「どうして、わたくしじゃなく、ノアが選ばれるんですの？」

考えても考えても、答えは出ない。

ただ何より、今この空間に居続ける事がアリスにとって苦痛だった。

本来、羨望の眼差しを向けられる存在である筈の己が、こうして奇異の目に晒《さら》される事は不愉快極まりなかった。

「……。少し、風に当たってきますわ」

ふらふらとした足取りで、アリスは一旦、会場を後にする事を選んだ。

頭にこそ入ってはこないが、周囲の雑音が今のアリスにはひどく気に障った。


当てもなく、歩く。

歩いて、歩いて、歩いた先。

花に誘われる蝶《ちょう》のように、アリスはソコへ辿《たど》り着《つ》いていた。

『――きっと、騙《だま》されてるに違いない』

これが夢でないならば――そう、きっとヴァンはノアに騙されているのだ。

そう考えていたアリスの考えを肯定する声が、不意に聞こえて来た。

変声期を迎える前の幼い少年を思わせるその声に、アリスは振り向く。

『そうでなければ、あり得ない。だって、全てにおいて自分はノアより優れてる筈なのに』

妙に、頭の奥にまで響く声。

急にアリスの視界に映り込んだ貴族然とした服装の少年は、一体誰なのか。

普段ならば訝《いぶか》しんでいた事だろう。

だが、今のアリスからすればどうでも良かった。彼が誰で、どうして、こんなところにいるのか。

どうして、会場にいなかったであろう目の前の少年がその事を知っているのか。

そんな事よりも、自分の考えを肯定してくれる。その一点が、アリスにとっては何よりも重要だった。

否、もしかするとそうなるように仕掛けを施された結果なのかもしれない。

しかし、どうでも良かった。

『そうだよね、アリス・アイルノーツさん』

「……ええ、そうですわ。そうとしか考えられませんわ」

だから、得体の知れない少年に背を向けるのではなく、かけられる声にアリスは応じた。

『君の妹の魔の手から、ヴァン・エスタークを救う方法がある』

ああ、やはり自分は間違っていなかったのだ。あれは、タチの悪い夢だったのだ。

ヴァン・エスタークの隣には、やはり、わたくしのような人間がいるのが正しい。

虚無感に苛まれていた胸中が満たされていく感覚に、アリスは破顔した。

『これをパーティーの会場で使えば、きっと君の悪い夢も覚めるはずだよ』

両手に収まる程度の大きさのソレは、香炉に似ていた。

「それは、本当ですの？」

『ああ、勿論だとも。だけど、出来れば人が多く集まっている時がいいかな。それに、公子を騙して君に恥をかかせるような人間の悪事は、多くの人の目に晒してこそ、だろう？』

「ええ……ええ！　そうですわ。その通りですわ」

汚い手段を使った人間には、それ相応の報いがあって然《しか》るべきだ。

目の前の少年はそれをちゃんと分かっている。

次第に気分が良くなってゆくアリスは、少年から迷いなく香炉を受け取った。

そして、会場に気分良く戻ろうと思った時、ふと気づいた。

あの少年は、一体何者だったのだろうか。

はやる気持ちを抑え切れず、踵《きびす》を返したアリスは再び振り返る。

だが、その時既にそこに少年の姿はなかった。

アリスの手の中には間違いなく香炉がある。

少年がいた事は紛れもない事実。

しかし、まるで神隠しにでもあったかのように少年の姿は跡形もなく消えてしまっている。

「……奇妙なこともあったものですわね」

不気味極まりない先の現象に、多少の違和感を覚えながらも、アリスはその足で再び会場へと向かう事にした。

◆◇◆◇◆◇

「ところで、ヴァンのお父様は今何処にいるの？」

「今は野暮用で家を空けてる。そろそろ帰って来る筈だとは思うんだがな」

パーティーに辿り着いてから一度も見掛けていなかった。

これまでの諸々を先に全部白状して謝っておこう。そう考えての発言だったのだが、なんとヴァンのお父様は不在だったらしい。

「野暮用？」

今回のパーティーは急遽《きゅうきょ》決まったことであるし、当主のタイミングが悪い中、無理をしてこうして開いてくれたのだろう。

ただ、野暮用とは一体何なのだろうか。

反射的に私はヴァンに聞き返していた。

「……王都で面倒事が起きてるだろう。あれの一件で親父《おやじ》殿も最近は忙しくしている」

ここ二年の間に大きく変化した事が一つある。それが、王位継承に関する問題。

現国王が病に臥《ふ》しているという事もあり、第一王子派と呼ばれる貴族と、第二王子派と呼ばれる貴族の水面下での争いが激化していた。

魔法師としても名高く、王国の盾とまで謳《うた》われるエスターク公爵家は不用意に国を分断したくないという理由から、派閥に属しておらず、二つの勢力が変な気を起こさないようにと当主自ら王都に赴く事で抑止力となっている。

という話をいつだったか、お父様が誰かと話している際に聞いた気がしたけれど、どうにも本当の事だったらしい。

ちなみに、私の生家であるアイルノーツ侯爵家もどの派閥にも属しておらず、今回の私との縁談にヴァンのお父様が賛同した理由の一つには、その点もあるのかもしれない。

「今現在優勢な第一王子派の貴族の一部が国王の死を望んでいたりと、色々と物騒らしい。聞けば、怪しい勢力からの助けを得ている貴族もいるとかなんとか」

屋敷に籠もってばかりの私に入ってくる情報は、あまりに限られているのでヴァンの口から知らない事がぽんぽん出てくる。

一年ほど前までは、私の記憶が確かであればそのいざこざも噂《うわさ》の範疇《はんちゅう》と言える程度のものだった筈で、恐らく激化したのはここ数ヵ月の話だろう。

「……だから、今家を出るのは本当に危険極まりなかったんだ」

「す、すみません」

曲がりなりにも侯爵家のご令嬢なのだから、当然知ってると思ってたんだが。

と、責めるような眼差しと共に言葉を投げ掛けられる。

……もしかすると、ここまで急いで行動に出てくれたのはそれが一番の理由だったのかも知れない。

自分の無知を恥じると共に、申し訳なくなった私は視線を逸《そ》らす事しか出来なかった。

そんな時だった。

『ねえ、ヴァン』

ずっと無言を貫いていたハクが、不意に口を開いてヴァンの名前を呼んだ。

『今回のパーティーに呼んだ貴族の中に、精霊術師はいる？』

まるで、確信を持っているかのような言い草であった。

思えば、会場を後にした辺りからハクの様子がいつもと少し違った気がする。

「いや、いない筈だ。そもそも、俺の知る限り精霊術師は曾祖母《そうそぼ》とノアだけだ」

『だよねえ。僕の場合は、ノア以外の精霊術師には会った事がない。……だけど、間違いなく精霊の気配がしたと思うんだよね』

「……それって、ここのすぐ近くでって事？」

『うん。それに、ただ精霊の気配がしただけなら気にも留《と》めなかったんだけど、なんだろう。物凄《ものすご》く嫌な感じがした。だからさっきからずっと注意して探してたんだけど、』

どうにも、見つからないらしい。

いつになく険しい表情を浮かべるハクの様子は、冗談を言っているようには見えない。

「……ハクの考え過ぎって線はないの？　ほら、ハクみたいにお腹《なか》が減って彷徨《さまよ》ってるとか」

『な、ないとは言えないけど、今回はなんか、そういうのとは違う感じだったんだよ』

たまーに、お腹が減り過ぎてゾンビみたいに徘徊《はいかい》するハクの様子をこれまで幾度も目にしていたからだろう。

可能性として挙げてみたが、ハクは口籠もりながらも否定した。流石に、「妖怪オヤツくれ」になるあの瞬間については、ハク自身も思うところがあるのだろう。

とはいえ、全然直してくれないんだけど。

『だから、何か思い当たる節があればと思ったんだけどさ。無いなら、そうだね。一応、警戒くらいはしておくべきだと思う』

「ちなみにだが、その嫌な感じがしたのはパーティー会場の中での話か？　それとも、屋敷の中か？　外か？」

『僕が気配を感じたのは屋敷の外だったね。それがどうかしたの？』

「なら、問題はないだろう」

　ヴァンはそう言い切った。

「さっきも言ったように、王都でゴタゴタが起こっている。その関係で、この屋敷を覆うように親父殿が強力な結界魔法を張っている。派閥に属していないからこそ、買ってしまう恨みもあるらしいからな。その保険という事らしい」

　魔法が効かない体質になった筈なのに、全く気づけなかった。

　その事に驚愕《きょうがく》する私を見て、ヴァンは答えてくれた。

「……それが出来てしまうから、親父殿は王国の盾なんて大層な呼ばれ方をしてるんだ」

　ヴァンが、親父殿には勝てないと常日頃から言っている理由がよく分かった気がした。

「だが、いつまでも勝てないままでいてやる気もないがな」

　闘争心を剝《む》き出《だ》しにして、不敵に笑う。

　これまで幾度となく辛酸を舐《な》めさせられてきたからだろう。

　人目がある場所では、落ち着きのある公子としての行動を心掛けているヴァンが、その実、人一倍負けず嫌いな性格をしている事を私は知っている。

魔法と精霊術。

それらは異なってはいるものの、似通っている部分もある。

だから、精霊術師としての意見もこれまで何度か求められる事があった。

勿論、私はヴァン程魔法の知識に精通している訳でもないので、決まってハクと、あーでもない、こーでもないとうんうん唸《うな》りながらの返事になったのは記憶に新しい。

「まぁ兎《と》に角《かく》、これからの事も含めてひとまず親父殿と話をしたいんだが」

――やけに遅いな。

恐らくそう言おうとしていたであろうヴァンの言葉を遮るように、ドタバタと騒がしい足音が鼓膜を揺らす。

馬車が到着するという報告も一切なく、確かにヴァンの言う通り、妙に遅いような気がした。

やがて、駆け込むように部屋のドアが押し開かれる。

視界に映り込んだのは、騎士服の男性。

息を切らしながらのその様子は、逼迫《ひっぱく》しているという言葉が相応しかった。

「た、大変です!!　ヴァン様!!」

「そんなに焦ってどうした」

パーティー会場で何かあったのだろうか。

一瞬、そう思ったが、パーティー会場にいたのは執事やメイドといった使用人達だ。

騎士達は、屋敷の外で警備にあたっている者が殆どだった筈と思い出して勘違いに気づく。

「領内から王都に続く道にある橋、その全てが何者かの手によって崩落させられております……!!」

7話　勘違いじゃない勘違い

「一つ、ではなく全部……ですか？」

　騎士の方の発言に私は引っかかりを覚えて、尋ねてしまう。

　確か、エスターク公爵領から王都に続く道はいくつか存在していて、どれも途中に橋が架けられていた。しかし、その橋の数は五つか六つあった筈《はず》。

　何より、全て領からの方角と距離はバラバラでそれぞれの間にもそれなりに距離があった筈だ。

　全部崩落している、なんて事があり得るのだろうか。

「はい。私が確認したものも含め、全て崩落しているとの事です」

　この場に私がヴァンと二人きりでいる事に疑問を覚えた様子だったけど、騎士の方は質問に答えてくれた。今は私の事を確認する時間すら惜しいという事なのだろう。

「となると、理由は一つだな」

「……ええ」

「親父《おやじ》殿が戻るタイミングを狙ったという事は、親父殿を屋敷に戻らせたくない。戻られると困る理由があったんだろう」

　それ以外に可能性はないとまで言えた。

　だが、どうしてそうする必要があったのだろうか。現状では分からなかった。

「……こうなってくると、ハクの言ってた事が気になるよね」

「嫌な感じがした、ってやつか」

ハクの姿が見えていない騎士の方がいるので、視線を一度移すだけに留める。

タイミングがタイミングなだけに、やはり気になってしまう。

ハクも適当な事を言うような精霊ではないし、無関係とは思い難《がた》い。

問題は、ヴァンの本気でも自分を消滅させる事は出来ないと豪語するあのハクが、嫌な感じがすると言った事だ。

とても厄介な相手、である可能性は高い気がする。

「それと、ヴァン様。もう一つ、お伝えしなければならない事がございまして」

「もう一つ？」

……まだ厄介な事があるのか。

疲れた様子で耳を傾けるヴァンだったが、続く「領主様からです」という言葉に目を見開いた。

予想外のトラブルで屋敷に未だ戻ってこられていない御当主からの伝言。

一体何なのだろうかと身構える私達であったが、その内容はつい、素っ頓狂な声を上げてしまうようなものであった。

◆◇◆◇◆◇

『せ、狭い狭い狭い狭い!!』

むにっ、と頬を圧迫されながらハクが悲鳴をあげる。

あれから私達は、成人男性がギリギリ一人通れるかどうかの道を、二人と一匹で進んでいた。

「仕方がないだろ。道はここしかないんだから」

「だからハクは外で待っててくれていいってちゃんと伝えたのに……」

領主様からの伝言は、橋の崩落についての心当たりがあるのか。

気を付けろと注意するものだった。

もちろん、その言葉だけではなく、対策も伝言の中に含まれていた。

それが、執務室にある物を持ち出して携帯しても構わない。というものだった。

ヴァンのお父様の執務室には杖《つえ》を始めとした貴重な魔導具も保管されている。

それを持ち出していいという事は、それだけ今回のことを深刻視しているのだろう。

ただ、問題はその後だった。

『よ、よりにもよってこんな道を通る必要は、なかったん、じゃ、ないっ、の』

「……だから言っただろ。親父殿の執務室は、留守の時は下手な城よりも頑丈な結界魔法で厳重に守られてるって」

貴重品を保管しているのだから、そういう事になるのは分かる。

だったら解除方法を教えてくれれば良いのに、ヴァンのお父様は解除方法ではなく、執務室に続く隠し通路を使えとの伝言を寄越してきた。

パーティーから抜け出す際に、灯台下暗しと言わんばかりに、御当主の執務室へ隠し通路を使って足を踏み入れた事があったので道がある事は知っていた。

ヴァンもまさか、隠し通路を発見している事に気付かれていたとは思ってもみなかったようで驚いていたが、万が一を考えると執務室にある杖や魔導具を手にしておくべきという結論になったのだろう。

結局、私達はかなり狭い隠し通路を使って執務室へと向かう事になっていた。

「こんな日にまでパーティーを抜け出すような真似《まね》をする事になるとは思ってもみなかったがな」

今回に限っては自分達の意思でないとはいえ、傍《はた》から見ればパーティーを抜け出しているようにも見えるだろう。

「でも、こういうのが私達らしい気もするけどね」

「……だな」

決して褒められた事ではないだろうけど、ヴァンやハクと一緒に抜け出す事が私は好きだった。

こうやって誰かとはしゃいで何かをするなんて、以前の私なら想像も出来なかったから。

「にしても、結構ギリギリだなこの道」

「最後に通ったのは二年くらい前だもんね」

最近は、私とヴァンの力量が上がったからなのか。ヴァンのお父様から追い掛けられなくなったのだが、以前までは抜け出した際は割と本気で追い掛けられていた。

初めの頃は本当に紙一重でどうにか逃げ切れていた場面が多く、それもあってどこか穴場に隠れる事が多かった。

最後に執務室に隠れたのも、かれこれ二年近く前の話である。

「でも、あの時言ってた冗談が本当になるとは思ってもみなかったなあ。……まぁ、十割くらい私のせいなんだけど」

もうかれこれ二年も前の話。

だから、どういう会話の流れであんな話になったのか、少し曖昧なところもある。

だけど、ヴァンと冗談半分に話していた内容はよく覚えていた。

『――十年後も、お互いに結婚をしていなかったら、一緒になるのもアリかもな』

そんな、話。

現実はまだ二年しか経《た》ってないし、結婚ではなく婚約で。

それに間違いなく私のせいでこうなってしまった訳なんだけど、相手がヴァンだからか。

ちっとも嫌な気はしなかった。

「俺は、冗談を言ってるつもりはなかったけどな」

「え？」

思わず変な声が出た。

でも程なく私の頭に初めてヴァンと出会った時に交わした会話が思い返される。

ヴァンにとって結婚したい相手は、対等に過ごせる人間で、一緒に笑い合える人と言っていた。

きっと、偶々《たまたま》条件に合致する人が今も尚《なお》、私くらいだったというだけの話かもしれない。

恋愛感情を抱いている訳ではなく、単純に。

『ニブチンか』

そんな事を考えていると、何故かハクからジト目で責められた。

だから思わず、君は私が勝手に勘違いして、ギスギスする空気がお望みなのかと言ってやりたくなった。

そもそも、アリスお姉様にも言われていたけど、私がヴァンと釣り合ってる訳がないというのに。

『……環境が環境だっただけに、自己肯定感が低いのは仕方がないとはいえ、色々と先は長そうだね』

「先って何だ。先って」

ハクの言葉に何故かヴァンまで通じ合っているような反応を見せていた事に不満しかなかったけれど、取《と》り敢《あ》えず気にしない事にしようと決めた。

8話　知らない好意

——何とも思っていない相手に、冗談でもそんな事を口にする訳がないというのに。

ノアと話をしていたヴァンは、喉元まで出掛かったその言葉をすんでのところで飲み込んでいた。


ノア・アイルノーツという少女は、アイルノーツ家の屋敷の中では、いない人間として扱われていた。

それをヴァンが知ったのは、ノアと出会い、友になろうと話したあの日から一ヵ月ほど経過したある日のこと。

ノアは知らない事だが、アイルノーツの屋敷をヴァンは何度か訪ねた事があった。

偶然、近くに寄ったから。

相談したい事があったから。

単純に、話をしたかったから。

理由は様々であったが、いつ訪ねても屋敷の人間の返事は「いない」の一点張りだった。

初めは、それが留守という意味だと思っていた。だが、その実、使用人達が口にする「いない」は、そんな「人間」は、アイルノーツにはいないという意味であると偶然、使用人達の会話を耳にし、ヴァンは知る事になった。

ヴァンにとって、ノアは友達だ。

唯一の友がそのような扱いをされている。そう知ったヴァンは激情に駆られ、どういう事なんだとアイルノーツの当主の元にまで怒鳴り込みに向かおうとすらしていた。

だが、偶然にも居合わせたハクの存在のお陰で、その最悪の事態は避けられた。

『――だからノアは、成人を迎えると同時に家を出るつもりなんだ』

その時既に、ある程度の事はお互いに話していた。故に、ノアが成人を迎えると共に家を出るつもりである事もヴァンは知っていた。


ノア本人は、世界を見て回りたいから。

ハクの故郷にも行ってみたいから。

貴族令嬢って、堅苦しいし、私の性にあってないんだよね。


そんなポジティブな事ばかり言っていたから気付けなかったが、貴族令嬢である筈《はず》の彼女が家を出ようとする最たる理由がソレだったのだと、その時ヴァンは漸く気付けた。

だからヴァンは、ノアが貶《おとし》められているなら、そうならないようにすればいい。

そう思い、自身の公爵子息としての地位を利用しようとした。ハクにその為に協力をしてくれと告げた事もあった。

けれど、ハクはその申し出に首を横に振った。

理由は単純だった。


『きっとノアは、それを求めてない。

気を遣わせてしまったって、キミに遠慮するようになると思う。

出来ればそれは、ノアがキミに助けを求めるような事があった場合だけにして欲しい。

ノアも、初めて友達が出来たって、いつになく毎日を楽しそうに過ごしてるから』

それを壊したくないと言うハクの言葉に、ヴァンも頷《うなず》く事しか出来なかった。

そうなる未来が、ヴァンの中でも容易に想像出来てしまったから。

家での事を知ったヴァンが、ノアの心境を思い、深刻そうな表情を浮かべていた事があった。

どう声を掛けたらいいのか。

なにを話せば、いいのか。

悩むヴァンだったが、一番辛《つら》いであろうノアは、何も気にする様子もなく振る舞っていた。

どころか、そんな表情を浮かべるヴァンを心配し、気を遣ってくる始末だった。

「何か辛い事でもあった？　そうだ。私が相談に乗ってあげよっか。ほらほら、解決はしないかもしれないけど、誰かに相談すると良《い》いって言うでしょ？」

一番辛いのはノアだろうが。

ヴァンはそう言いたかった。

俺の心配より、自分の心配をしろと叫びたかった。

でも、言えなかった。

ノアにとって、それが当たり前なのだ。

実家での扱いも、周囲からの思われ方も。

何もかもが彼女にとっては当たり前。

だから気にしていないし、気にする事でもないと割り切っているのだろう。


……俺なんかよりも、ずっと強い人だ。

ノアに対してそんな感情を抱いた日。ヴァンはその日以降、多少強引でも、ノアをパーティーから連れ出すようになった。

せめて自分と二人きりの時は、心から笑っていてほしいと思ったから。

この感情の正体がヴァンには分からなかったが、不思議と嫌いじゃなかった。

気が付けばずっと目で追うようになっていて——そして、今回の婚約の件については、考えるより先に動いていた。


『いいんじゃねえの。これまで、手を差し伸べようにも差し伸べられなくてウズウズしてたんだろ。助けてやればいいじゃねえか。権力ってのは、時にはそうやって使うもんだぜ』

親父殿《おやじ》――カルロスは、思いの外、あっさりとヴァンに婚約の許可を出した。

辺境伯から恨まれる事になるかもしれない件については、義理があるなら話は別だが、どうして貴族の中でも狡《こす》っ辛《から》い事で有名なあの辺境伯風情に遠慮しなきゃならねえよ？　と、強気過ぎる返事を貰《もら》っていた。

それでいいのか、公爵家当主と思いはしたものの、あの時に限って言えば父のその言葉がヴァンにとっては何よりも頼もしく思えた。

ヴァン自身、最後の最後まで成人を迎えたら家を出るというノアの言葉を尊重するつもりでいた。

だから、ノアを助ける事に繋《つな》がるという言い訳が用意されていて尚、己の婚約者にと望む事をしなかったし、そういう話を持ち出す事はしなかった。

貴族社会が苦手であるノアを、ヴァンの我儘《わがまま》で拘束する訳にはいかないと考えていたから。

そんなのは、ただの自分勝手だから。

でも今回の出来事があって、それが覆った。

だから、そんな顔をしなくていいのに。

そんな、申し訳なさそうな言葉を口にしなくていいのに。

だってこれは、俺が望んで。

俺が好きでやった事なのだから――――。

「……色々と先は長そうだね」

呆《あき》れるハクの言葉に、ヴァンは首肯する。

明確に言葉にした事はほとんどなかったとはいえ、ノアは他者からの好意に全く気付こうとすらしない。

……いや、気付けない、と言った方が適当か。

でも、ヴァンはそれで構わなかった。

成人と共に家を出るつもりだった頃のノアならば、時間は敵であったが、経緯は兎《と》も角《かく》、婚約者として落ち着くことになった今、時間は味方だ。

なら、ゆっくりと時間を掛けて自覚して貰えるようにしよう。

そんな事を思いながら、「……なんか仲間外れにされてる感じするんだけど」と、不《ふ》貞《て》腐《くさ》れるノアの言葉に、ヴァンは笑った。

9話　精霊痕と闇精霊

それから隠し通路を進むこと数分。

ヴァンのお父様の執務室。

その天井から出てくる事になった私達は、舞った埃《ほこり》にけほけほと咳込《せきこ》みながら何とかたどり着いていた。

「取り敢えず、最低限の物は借りていくとして、だ」

ケースの中に丁寧に収められていた魔導具を必要な分だけ取り出し終わったヴァンが言う。

基本的に部屋に籠もり切りの日々を送っていた私にとって、普段の時間の潰し方などハクと言葉を交わすか。本を読むか。もしくは外へこっそり散歩に出るか。そのくらい。

だから、本から学んで魔導具についての知識もある程度持っていた。

それ故に、ヴァンが次々と取り出してゆくそれらの価値がなまじ分かってしまう事もあり、目を奪われる私だったけど、程なく我に返る事となった。

その理由は、魔導具とは全く関係ないであろうカルロスさんのデスクやらをヴァンが物色し始めたから。

「あ、あのー。えと、ヴァ、ヴァ、ヴァン……？」

明らかに魔導具とは無関係な場所を探し始めているけど、そんな勝手な事をして良いのだろうか。

やめておいた方がいいんじゃないか。

小心者な私は恐る恐る声を掛けてみるが、ヴァンの手は止まらない。

だけど、手を止めない代わりにと言わんばかりにヴァンの声が返ってくる。

「ついさっき、ふと思い出したんだが、俺に近くに精霊術師はいるかって聞いてたよな」

それは、ハクに向けられた言葉だった。

少し前にハクに尋ねられていた事について、何か思い出したのだろうか。

「精霊術師の知り合いなんて、ノアや曾祖母《そうそぼ》以外にはいないんだが、そう言えばひと月程前に親父《おやじ》殿が奇妙な事を言ってたんだ」

「……奇妙な事？」

「最近、王都で精霊術に似た痕跡を幾つか見かけた——そんな話だ」

『……それって具体的には？』

「その資料が恐らく、どこかにある筈《はず》なんだ。ああ見えて親父殿は几帳面《きちょうめん》だからな。何処かに記録を保管していると思うんだが……」

……だからデスクの中身を漁《あさ》り始めていたのか。

奇行のようにも思えたヴァンの行動に納得がいくと同時、しかしハクの表情が険しいものへと変化してゆく。

だが、確証がまだないからか、不用意に場をかき乱す必要はないとばかりにハクは口を真一文字に引き結び、ヴァンからの続きの言葉を待っていた。

「王位継承権を巡る小競り合いが起きてる事は、もう話したよな」

「うん。それはちゃんと聞いた」

「普段は親父殿を始めとした中立派と呼ばれる貴族が目を光らせてる事もあって、その小競り合いも最小限に抑えられていたんだが」

歯切れの悪い様子で、ヴァンの言葉が止まる。

「……最近になって少し、状況が変わったらしくてな。親父殿達の目を掻《か》い潜《くぐ》って度々襲撃が行われたり、変死する貴族が出たり。物騒な事が頻繁に起こるようになったらしい。そしてその現場には、決まって『精霊痕』があったらしい」

『精霊痕』とは文字通りそのままの意味で、精霊術の痕跡が残っている事だ。

魔法が使用された痕跡を『魔法痕』と呼ばないのは、使用者の限られる精霊術と異なって魔法が広く使われて親しまれているからだろう。

あくまで、魔法との差別化の為にその言葉は使われているに過ぎないといったところか。

「知っての通り、うちの家系は曾祖母が精霊術師だ。精霊術を使えないとはいえ、ある程度の知識を持っていた親父殿は『精霊痕』の原因が精霊術に似た何かであるとすぐに見抜いたらしい。曰《いわ》く、最近になって怪しげな勢力から力を借りる貴族が出てきている事もあり、そいつらが元凶ではないかとの事だが、恐らく原因は明確に分かっていない。……あった。これだな」

棚に収められていた書類の束を取り出し、ヴァンはデスクの上に広げた。

私の頭の上に乗っかりながら覗《のぞ》き込《こ》むようにハクが書類の中身を確認する。

だが、複数枚にわたって記されている中身を熟読する事なく、一枚目の時点で答えを導き出したのか、ハクは声をあげた。

『――悪霊の類じゃないかな、これは』

「「悪霊？」」

私とヴァンの声が重なる。

悪霊というと、幽霊とか、そういった類の話だろうか。

『〝闇精霊〟という言葉に心当たりはある？』

「いや、ないが」

「ううん。私もない」

『基本的には、悪霊呼びではあるんだけど、その痕跡が「精霊痕」に酷似してることから、〝闇精霊〟なんて呼ばれる事があるんだ。ただ〝闇精霊〟は、僕らと違って人に協力するような存在じゃない。ただ不幸を撒《ま》き散《ち》らすだけの存在だよ』

「……あれ。でも、小競り合いをしてる貴族の人達が被害に遭ったんだよね」

ハクの言葉に引っ掛かりを覚えた。

デスクに置かれた書類をめくる。

事件は偶然起こったにしては、数が多過ぎる上、被害に遭ったのは第一王子派と呼ばれる貴族に関わりのある人ばかりのようだった。

これを、人に協力するような存在じゃない〝闇精霊〟による単なる偶然と捉えて良いものなのだろうか。

『そう。だから、おかしいんだ』

終始、ハクが険しい表情を解かなかった理由が判明する。

『人が関わっている可能性はない訳じゃない。何らかの手段で操っている、たとえば、何か触媒を用いて、とか。断定は出来ないけど、〝闇精霊〟を自由に扱える人間が何処かにいる可能性は極めて高いと思うよ。何より、あの嫌な感じは今思えば精霊にしては禍々《まがまが》し過ぎる気がするし』

「……触媒、か。待て、それにも確か心当たりがある」

資料の最終ページ。

そこには、紺色に染まった香炉——その残骸の様子が記録されていた。

「不自然に香炉が転がっていたらしく、親父殿からこれに心当たりはあるかと聞かれた事があった」

『……なら、それが触媒になってる可能性は高いだろうね。ただ——』

「ただ？」

『術者や、その触媒を見つける事はほぼ不可能だと思う』

それは、殆《ほとん》ど断言と言っても良かった。

『特に、悪霊でしかない〝闇精霊〟を利用する、なんてふざけた思考を現実のものとするあたり、術者の技量は頭ひとつ抜けてると思う。だから、今回の下手人の目的が明瞭になってない以上、屋敷を離れて探すことは悪手だと思う』

闇雲に探して見つかるとは思えないし、ここまで大掛かりな真似をしておいて、おめおめどじを踏むとも思えない。

仮に橋を壊した人間の標的が、ヴァンでもカルロスさんでもなく、屋敷に招待された人間だった場合、ハクの言うように犯人探しの為に屋敷の外に出る事は悪手極まりない。

ハクの主張は、尤《もっと》もなものに思えた。

ならばどうするのか。

このままカルロスさんが戻るまで時間を引き延ばし、待つのが最善なのだろうか。

「……なら、屋敷にある結界も破壊されると思っていた方が良いか」

世界でも五指に入る魔法師であるカルロスさんが構築した結界魔法。

その強度は推して知るべし。

だが、それに胡座《あぐら》をかけば取り返しのつかない事になるのは火を見るより明らか。

ヴァンの言うように、どうにかされると思っていた方がいいだろう。

術者を探すのもだめ。

触媒も恐らく見つからない。

カルロスさんを待つのもだめ。

…………私達は、八方塞がりに陥っていた。

そんな中、私はふと思った。

今回の橋を壊した張本人が、カルロスさんを警戒してることは明らかだ。

カルロスさんに対する信頼は、私達も一貫して高い。それは周知の事実な筈だ。なら、それを私達も利用すれば良いのではないだろうか。

「ねえ、ヴァン」

「ん？」

「何か策を講じていくんじゃなくて、あえて、何もしないのはどうかな」

「何も、しない？」

訝《いぶか》しむ声をあげるヴァンに、私は首肯で応えた。

私達も、カルロスさんの結界を百パーセント信用している体《てい》を装うという選択肢。

幸い、側には落ちこぼれの私がいる事になっている。ヴァンが策を講じるのではなく、だからこそ結界のある屋敷に引きこもる選択をしてもなんら可笑《おか》しな事ではない筈だ。

「あえて敵に結界を壊させるの」

相手が何かをするにしても、結界がある限り自由には出来ない筈だ。だから敵の思惑通り、壊す事をもういっそ、容認してしまう。

私にはどういう仕掛けなのかは分からないけど、この屋敷には招待された人間以外は入れないようになっているから、結界の破壊は必須の筈だ。

それを待つ事で後手にこそ回るが、予《あらかじ》め備えをしておき、被害を確実に最小限に留める。

備えこそするが、相手に対してはひとまず何もしない。私にはそれが一番いい方法のように思えた。

『……確かに、魔導具が手に入った以上、悪くない方法かもしれないね。でも、』

ハクは言《い》い淀《よど》む。

被害を最小限にするにはこの方法が一番いい。ただ、欠点が一つあった。

『それをする場合、君たち二人でパーティーを進行する事になる。警戒心を抱いていないと思わせる為にも、二人で前に出て婚約の件について話すって事でしょ』

カルロスさんの結界に全幅の信頼を置いているという体で進めるのだから、この結界が壊されることは無いと信じていると思い込ませる事が肝要だ。

何より、パーティーに参加している他の貴族達は恐らく橋の崩落を知らない。

騒ぎが広がれば、二次被害が生まれる。

向こうの思《おも》う壺《つぼ》だ。

だから極力、普通に振る舞う必要がある。

……となると、ハクの言うように割を食うのは私達だ。狙って下さいと言わんばかりに前に出るのだから、危険度が文字通り跳ね上がる。

『……危険すぎない？』

「俺も反対だ」

間髪いれずにヴァンからも否定の言葉が飛んで来た。

私には、剣の心得もなければ、魔法に対する心得もない。

唯一あるのは、精霊術について。

まるきり無力という訳ではないが、戦力に数えるには頼りなさ過ぎるだろう。

だけど。

「でも、ハクもいるし、ヴァンもいるんだよ。私達が揃《そろ》ったら、カルロスさんにだって勝てたんだから」

厳密には逃げ切った、であるが、出し抜いたという点において、『勝った』と言っても強《あなが》ち間違いではないだろう。

「それに、今回の婚約の件でどうやってもエスターク公爵家には迷惑を掛けちゃう。だから、私に出来る事は可能な限り協力したい。償いって訳じゃないけど、受けた恩にはちゃんと報いたいから」

10話　カルロス・エスターク

遡る事、二時間前。

顎髭《あごひげ》を蓄《たくわ》えた茶髪の男――カルロス・エスタークは目の前の惨状に、気怠《けだる》そうに後頭部を掻《か》きながら呟《つぶや》いた。

「――たく、随分と厄介な事になったな」

王都から領内へ帰る途中、突然馬車が停止した理由が橋の崩落によるものだと把握し、どうしたものかと悩ましげな声を出す。

これが、偶然起こった事ならば、「運が悪かった」の一言で済ませる事が出来た。

だが、どこからどう見てもその崩落は人為的なものであり、不自然なゴタゴタで王都に予定より長く滞在させられた事も恐らくここに繋《つな》がっていたのだろう。

…………随分と、手間を掛けた真似をする。

エスターク公爵家が何者かによって狙われている事を自覚させられながら、カルロスは表情を歪《ゆが》めた。

そして何より。

「……しかも、だ。ここも『精霊痕』ときた。となると相手の目的は」

「――恐らく、エスターク公爵家の地位の失墜。でしょうかね」

馬車を降りたカルロスは、橋があった場所へと歩いて向かう。

僅かに散らばっていた木材を拾い上げ、そこに『精霊痕』を確認した上で結論を口にしようとした。

しかし、それを遮るように結論づけた声が一つ。

カルロスと同様に、馬車から降りた一人の男性のものであった。

黒尽くめの外套《がいとう》を頭から被る事で口元以外の相貌を隠す彼は、続け様に小さく唸《うな》る。

「何はともあれ、王都を騒がせているあの一件に関係している可能性が高いですね。両派閥にとって、貴方《あなた》の存在は邪魔でしかないでしょうし、エスターク公爵領で何らかの騒ぎを起こす事で身動きを取れなくさせる。そんなところでしょうか」

「まあ、そういう結論になるわな」

王都は今、王位継承に関するゴタゴタによって混乱の坩堝《るつぼ》にある。

カルロスが王都へ頻繁に出向いているのもそれが理由だった。

特に、その厄介ごとにまつわる事件で最近になって見受けられるようになった『精霊痕』。

現状、『精霊痕』どころか、精霊術に関する知識を持つ者は限られており、先祖に精霊術師を持つカルロスが多忙に見舞われるのも仕方がないと言えば仕方がなかった。

問題は、その『精霊痕』がただの『精霊痕』ではないという点。

少なくとも、カルロスの目には『精霊痕』に酷似したナニカとしか判断出来ず、それ故に足踏みをしている状態にあった。

「一応、万が一の事を考えて結界は張ってある上、ヴァンにも情報の共有は行ってるとはいえ……もしもの事を考えて早く戻りたいところではあるんだが」

カルロスの言葉が止まる。

ざり、と背後に響く複数の足音。

人間のものではないソレを耳にしたカルロスは、うんざりした様子で後頭部を掻きながら振り返った。

「……徹底してオレ達を屋敷に戻らせたくないらしいな」

草陰から姿を現したのは、四足歩行の魔物。

ハウンドと呼ばれる魔獣であった。

目は血走っており、空に夜の色が混ざり始めた事もあって赤く光るその瞳はよく目立つ。

次々と増えるハウンドの気配。

後ろは橋だった残骸。

前から迫るハウンド。

この場にいる人間がカルロスだけならば、無視して屋敷へ急ぐという手段も取れた事だろう。しかし、馬車の御者や、付き従ってくれているエスターク公爵家の使用人を見捨てる選択肢はカルロスの中になかった。

つまり、彼は己らを取り囲むハウンドを相手にする他なかった。

「……どうしますか、カルロス。何なら、貴方一人だけでも先に屋敷へ向かってくれても」

「馬鹿を言うな。魔法師でもないやつに、こんな状況を丸投げ出来るかよ」

狙われているのは間違いなくカルロスだ。

だからこそ、外套の男はカルロスを屋敷へ向かわせようとした。

何より、カルロスから任せられないと言われたものの、一人であってもこの場を乗り切る手段がない訳ではなかった。

「ですが」

「それに、このタイミングなら恐らく、問題はない。不安じゃないと言えば嘘《うそ》になるが、今の屋敷にはヴァン一人じゃない」

「……もしや、強い護衛でも雇ったのですか」

「いいや？　あのヴァンの婚約者になる予定の少女が一人いる、ってだけだな」

「今は冗談を言っている場合ではないと思うのですが」

「あのヴァン」という物言いが通じる程度には、外套の男はヴァンを知っていた。

だが、彼はまだ成人すらしていない。

魔法師としての腕は平均を優に超えているが、それでもカルロスにはまだ遠く及ばない。

如何《いか》に天才と呼ばれる人間だろうと、これまで培った経験や場数が足りな過ぎる。

そんな彼の婚約者である。

恐らく歳《とし》もそう変わらないだろう。

安心できる要素どころか、不安を掻き立てる要素しかないじゃないか。

責めるような眼差しで訴える外套の男だったが、それを受けて尚、カルロスは発言を撤回しようともせず、冗談めいた様子ではぐらかす気配もなかった。

「冗談じゃねえさ。オレは大真面目だ」

「……まさか、アリス・アイルノーツですか」

アイルノーツ侯爵家を、カルロスが頻繁にパーティーに招いている事は広く知られていた。

「確かに、彼女の才能には目を見張るものがありました。恐らく、己の才に驕《おご》る事なく訓練を積めば、良き魔法師となる事でしょう」

褒める言葉を口にする。

しかし、男は暗に精々が優秀止まりの魔法師とも告げていた。

カルロスさえもを翻弄する此度《こたび》の下手人。

アリス・アイルノーツがヴァンのサポートに徹したとしても、状況は好転しないだろう。

そう、言おうとして————。

「ちげえよ。そもそも、あのヴァンがいかにも貴族らしい令嬢を己の婚約者にすると思うか？　それに、アリス・アイルノーツなら、オレはここまで評価していない」

「……では、誰だというのです」

「ノア・アイルノーツだ」

「ノア、アイルノーツ……、ッ、落ちこぼれと呼ばれている妹の方、ですか？」

一瞬、記憶を探る外套の男であったが、すぐにそれが誰であるのかを理解し、カルロスの正気を疑った。

ノア・アイルノーツは、アリス・アイルノーツの対極に位置する妹。

確か、魔法師としての才能は皆無であった筈《はず》。なのに、どうしてと疑問が渦巻く。

その様子が、可笑しかったのか。

迫るハウンドという脅威に対して魔法を展開しながら、カルロスは笑う。

馬鹿にしているのではなく、その笑いは「そうだよな。お前もそう思うよな」と肯定しているかのようであった。

「姉の方も優秀だろうよ。才能もある。だが、本当に才能があるのは姉じゃねえ。妹の方だ。巷《ちまた》じゃ、お前が言ったように『落ちこぼれ令嬢』なんて呼ばれてるらしいが……オレから言わせれば才能の塊どころか、怪物レベルだ」

カルロス・エスタークという男は、どこかふざけていると思われがちな男だが、実際は几帳面《きちょうめん》で、どこまでも真面目な男である。

特に魔法に関しては顕著で、どこまでも真摯に向き合っているカルロスは、こと魔法の実力に関してはいかなる虚飾も剥いで口にする。

要するに、容赦がない。

外套の男はその事をよく知っていた。

だから驚く。

己も怪物と呼ばれる側の人間であるカルロスが怪物と言い表した人間は、過去を遡っても片手で事足りるほどであったから。

「少なくとも、二人掛かりとはいえ、オレ相手に鬼ごっこで逃げ切れる奴なんざ殆どいないだろ」

「……まさか、貴方から逃げ切ったんですか？」

「サボり魔二人を捕まえようと割と本気を出した事もあったが、結局、今に至るまで一度も捕まえられなかった。それに、周りがよく見えてる。……いや、これはあの子の相棒が関係してるか」

　サボり魔二人。相棒。

　外套の男にとって訳の分からない言葉の連続であったが、それらの言葉は本気を出したカルロスでも捕まえられなかったという、衝撃的過ぎる言葉によって彼方へ追いやられていた。

「そんなあの子が現れたのが二年前。勝手にオレから逃げる事を楽しみにしてたあの二人には言いたい事が山ほどあるが、それもあってヴァンの力量も二年前とは比べ物にならん。オレから逃げ切れば二人の時間が確保されるとでも思ってたんだろ。あいつも柄になく努力を重ねてたからな。正直なところ、あと十年もすれば家督を譲ってもいいと思える程度に成長してるよ、あいつもな」

　お前は王都に籠もり切りでヴァンに会ってないから分からないだろうがな。

　と、言い残し、飛び掛かるハウンドを魔法を用いて退け、始末してゆく。

　外套の男も、懐から魔導具と呼ばれるものを取り出し、カルロスに続くようにハウンドを始末してゆく。

「だから本当のところは、そこまで心配してないんだわ。だってそうだろ。オレから逃げ切るような奴らだぞ。心配するだけ、無駄だ」

「……成る程、そういう事でしたか。ですが、それでも二人は場数を全くと言っていい程に踏んでいません。如何に才能に溢《あふ》れていようと、それが浮き彫りになる事でしょう。やはり、ここはカルロスが向かうべきでは――」

「そうだな。二人だけなら、オレもそうだと思う。ただ、厄介な事にあいつらは二人であって二人ではないんだ。厳密には、二人と一匹だな。随分とお節介そうで、場数を踏んでそうな精霊も一匹いるんだよ、これが」

「――」

そこで、外套の男は気付いた。

「……ノア・アイルノーツに魔法の才能がなかった理由は、一極端だったからですか？」

ここ最近、王都で『精霊痕』に関する騒動があった事が、気付きの要因となった。

カルロスが否定しない事から、自身の予想が正しいのだと理解する。

「彼女は、あの精霊術師ですか？」

カルロスは、笑みを深めて返事をした。

「そう。あの精霊術師だ。オレ達が二人掛かりでも手も足も出なかった祖母《ばあ》さんと同じ、精霊術師なんだよ――ロヴレン」

ロヴレン・マグノリア。

王国に五家しか存在しない公爵家の一つであり、エスターク公爵家と同格の御家。

マグノリア公爵家、現当主かつ、カルロスにとって幼《おさな》馴染《なじみ》にあたる人物。

それが、外套の男の正体であった。

「……もしや、精霊術師である事を見抜いて引き合わせたのですか？」

「いいや。全くの偶然だ。まさか、『落ちこぼれ令嬢』なんて呼ばれてる子が、上位精霊と契約してる精霊術師だなんて想像出来るものかよ。それに、そんな下心があったら、捻《ひね》くれに捻くれたヴァンが自分の婚約者に望むくらい、心を開く訳ないだろ」

天才と呼ばれる者達は当然、周囲からの嫉妬を買う。ある者は、勝手に見下されていると捉える。ある者は己と違うからと距離を取ろうとする。ある者は、そんな天才に取り入り、利用しようと考え、ある者は、そんな彼を恵まれている奴は良いなと口にし、羨む。

それらに嫌気が差したヴァンは、気付けば誰かと関わる事を面倒だからと極力拒絶するようになっていた。

カルロスが頻繁にパーティーを開催するようになった理由は、そんなヴァンにも心を許せる相手が見つかればいい。

そんな親心からの行動だった。

ただ、とはいっても殆どダメ元に近かった。

だからこそ、初めは目を疑った。

ヴァンが心底楽しそうに誰かと笑って話している光景に、カルロスは驚いた。

「聞いてくれよ。面白いんだぜ？　ヴァンの奴、あんだけ貴族嫌いでパーティーからも逃げ回ってた癖に、ある日突然、頼み事があるって言って頭を下げてきたんだよ。何でも言う事を聞くから、助けて欲しいヤツがいるってな。二年前まで、碌《ろく》に友達の一人も作れなかった奴が、孤立してた奴が、自分を犠牲にしてでもそいつを助けたいって言い出してよ――」

際限なく湧くハウンド。

交じる他の魔物も片付けながら、カルロスは破顔する。

「私が王都にいる間に、随分と面白そうな事になってたんですね」

「まあな」

「その話をじっくりと聞くためにも、早いところこの場をどうにかしなければいけませんね」

「だな。取り敢えず最低限、ヴァンに伝言だけ届けておくか」

11話　ディア・ガーデン

『……それにしても、本当にやるつもり？』

げっそりとした様子で、ハクが言う。

最後の最後まで否定的な意見を崩さないハクであったが、流石に今の私がテコでも動かないと悟ったのだろう。

今や、説得は諦めているようにも見える。

『ノアは知らないだろうけど、〝闇精霊〟の手口は、総じて悪辣なんだよ。そんな奴等《やつら》を使う手合いだ。タチの悪い相手に決まってる』

……いや、全然諦めてなかった。

私の勘違いだった。

でも、口にされるその言葉一つ一つが私を心配するものだから、邪険に出来る訳もないし、私には苦笑いを浮かべながら目を逸らすのが精一杯だった。

『どう考えても、結界を壊されないように守りを固めるべきだと僕は思う』

カルロスさんが展開している結界に加えて、ヴァンと私も協力し、外から誰も立ち入れないよう備えをする。

それが一番安全で、確実性がある。

『あえて危険を冒す必要はない』と口にするハクの意見は依然として尤《もっと》もだ。

でも、ここまで大掛かりな事をしているのだ。

カルロスさんの結界を何かしらの方法で打ち破ってくると考えるべきだろう。

だったら、ハクの言う通りにしても焼け石に水ではないか。

寧《むし》ろ、ある程度の対応が出来る人間がいると相手側に知られてしまう為、マイナス。

なら、『落ちこぼれ』で知られる私というお荷物が、ヴァンの側にいるこの状況を利用した方が有効な筈《はず》だ。きっとそこに、油断が生まれるから。

恐らくハクもそれは分かってるのだろう。

しつこく反対はしてるけど、偶《たま》に言《い》い淀《よど》んでいる。

付き合いが長いから分かる。

これは、ハクもハクで一理あると頭では一応納得をしている時に見せる反応だ。

「……そもそも、目的が俺達じゃなかった場合、その計画は破綻しないか？」

「うん。破綻するね」

私は言い切る。

そのあまりの呆気《あっけ》なさに。

予想だにしない肯定に、ヴァンとハクは目を丸くした。

……いやだってその通りだもん。

ヴァンの懸念通り、これは相手の目的が私か、ヴァンである場合にのみ効力を発揮する。

パーティーに参加している他の貴族達がターゲットであった場合、効果は本来の半分もないかもしれない。

だったら、初めから守る事に尽力しておけという話になる。

ただ――である。

「でも、それはこの作戦の立案が私達じゃなかったらの話だから」

そこで、何かを察したようにヴァンは口を真一文字に引き結ぶ。

ハクは、『……そういう事か』と苦笑いを浮かべていた。

「私達なら、たとえそうだとしてもどうにか出来る方法がある。そうじゃない？」

――ねえ、ヴァン。折角だから、二人で何か編み出しちゃおう。

それは、カルロスさんに散々追い回されていた私達が、途中から楽しくなって始めた事。

文献による手掛かりもなく、本当に一から手探りで。

だけどもし出来るのなら――精霊術と魔法の合わせ技を完成させたら、面白くないだろうか。

そんな思いつきから始まった試み。

パーティーの時間というのは、存外長い。

一日どころか、二日にわたっての時もある。

そして、夕方から夜にかけての時もあれば、もっと長い時も。

要するに、時間は有り余っていた。

だから、カルロスさんから逃げるために。

二人で何か一緒に出来ればと。

そう思って始めた、無謀な挑戦。

「だから、油断を誘うのが一番だと思った。それに、この方法なら下手人も捕まえられるかもしれない。そうでしょ？」

守るだけの場合、それは結局、カルロスさんが駆けつけてくれるまでの時間稼ぎでしかない。

でも、私達を餌にしてしまえば、相手は油断して踏み込んでくれるだろう。

「……それは、否定しないが」

「このまま逃して、私の大切な〝友達〟がまたこんな目に遭うかと思うと、私は堪えられない」

だから、危険だからやめろ。その言葉を繰り返すのはもう無しだからと言外ににじませると、私の意図を察したヴァンは黙り込んだ。

万が一、狙いが私という可能性や、他の貴族達である可能性もある。

だが、一番高い可能性はヴァンだろう。

ヴァンの存在は、カルロスさんにとっても捨て置けないものだから。

「それに、私の〝精霊術〟はこういう時の為にあるものだと思っていたから」

トドメに、人前で一度として精霊術を使った事も、使おうとした事もなかった件を持ち出すと、観念したようにヴァンとハクは息を吐き出した。

　きっと彼らは、私までもが敵の標的になる事の他に、万が一の時は精霊術を使わざるを得ない状況に陥る事を危惧していたのだ。

　露見すれば、これまで通りにとはいかなくなる可能性もあったから。

「……分かった。確かに、出来る事ならここで捕まえた方がいい。何より、ノアを無理矢理に押さえつけられないのは俺が一番知ってる」

　私が頑固で、一度言い出すと聞き分けのない子供のような性格である事をヴァンとハクは知っている。

　ちょっぴり申し訳なかったけど、私はその通りと言うように笑みで以《もっ》て応えた。

『……あー。もう、分かったよ。分かった。強力な魔導具もあるし、ヴァン《キミ》もいる。よくよく考えてもみれば分の悪い賭けでもないし、僕も協力するから』

「さっすが、ハク」

　ヴァンが折れたことで、最早止められないと悟ったハクが白旗をあげて協力を申し出てきた。

『……それで、やるといっても具体的な作戦は？　ノアはどうする気なの？』

「そんなの決まってるよ。打てる手は全て打つ。出来る備えは全てする。後手に回るしかない以上、そうする以外に道はないでしょ？　ね。ヴァン」

「まあ、相手の行動が殆《ほとん》ど読めない以上、そうする他ないだろうな」

◆◇◆◇◆◇

「……とは言ったものの」

過ぎる事十数分。

カルロスさんやヴァンがあまりに長い時間、不在だと何かあったのかと不安が広がる。

それ故に、執務室を後にした私達はパーティー会場へと戻って来ていた。

未《いま》だに場はざわめいており、耳を澄ますと聞こえてくるのはヴァンやアイルノーツ侯爵家についての事ばかり。

これから奇異の目にさらされるどころか、どうしてお前が、といった嫌悪の感情を一斉に向けられると思うと胃がキリキリと痛んだ。

言い出しっぺの私が言える訳もないけれど、本音を言えるなら今すぐに逃げ出したいと叫びたかった。

「無理をしなくていいんだぞ」

ヴァンから心配する声が発せられる。

アリスお姉様の嫌がらせから始まった事とはいえ、縁談の件についてはすぐに解消――という訳にもいかないはずだ。

となると、これまで通り屋敷に引き籠もって過ごすという事も難しいだろうし、何より人前に出る事は最早、避けようがない。

なにせ、経緯は兎《と》も角《かく》、公爵家の跡取りの婚約者、なのだから。

「……ありがとう、ヴァン。でも、大丈夫だから」

私の側に、ハクの姿はない。

万が一を考えて、ハクには貴族達を守る為に私達の側から離れて貰《もら》っている。

少し心細く思っていた事もあって、ヴァンの言葉は素直に嬉《うれ》しく思った。

「それに、今までは私への悪口だけで済んだけど、もうそうじゃない。逃げ続けるのも良くないから」

アイルノーツ侯爵家の落ちこぼれ。

その蔑称があった事に加えて、家に対して何の後ろめたさもなかったから、私は好き勝手に生きていた。

社交の場にはそもそも出させて貰えなかったからそれを良い事に基本的に部屋に引き籠もって、精霊術の才能を隠しながら自分なりに好き勝手過ごしていた。

結果、『出来損ない』だとか『出涸《でが》らし』だとか、侮蔑する声が大きくなったが、別に私は構わなかった。

損をするのは私だけだし、私以外に誰にも迷惑をかける事はないから。

家については、おあいこだろう。

ただ、今の私は自分から望んだことではないとは言え、ヴァンの婚約者という立場になろうとしている。

手を差し伸べてくれた大切な友達に、恩を仇《あだ》で返す気はない。

ならば必然、もう逃げられない。逃げちゃいけない。

だから、最低限ヴァンにだけは迷惑を掛けないで済むように、頑張るよ。

自然と浮かんだ笑みを隠す事なく胸を張ってみる。らしくない事をすると、少しだけ気恥ずかしくてそんな様子を、ヴァンが微笑ましい表情で眺めた。

……あぁ、くそ。すごく恥ずかしい。

「そう、か。分かった。だが、しんどいと思った時は」

「流石に心配し過ぎだよ、ヴァン。小さい子供じゃないんだから」

同じ言葉を繰り返そうとしていたヴァンの言葉を遮り、私は会場へ向かって踏み出した。


「席を外してすまなかった。今一度、皆に――――」


伝えたいことがあるんだ。

畏《かしこ》まった口調で声を張り上げ、周囲の視線をヴァンが一身に集めた瞬間だった。

発言を遮るように、何かが割れる音がひときわ大きく響き渡った。

例えるなら、ガラス製の何かを手から誤って落としてしまった際に聞こえるような。

集まっていた視線がヴァンから逸《そ》れる。

耳朶《じだ》を掠《かす》めた音の発生源を探し、視線を向ける。そこには、私にとってよく見知った人物がいた。思わず、声に出してしまうほどに見知った人物だった。

「……お姉様？」

足下に、紺色の破片――執務室で見た資料の香炉によく似た残骸を散らばらせる姉、アリス・アイルノーツの姿がそこにはあった。

だが、その瞳の焦点は合ってないように見える。色も……何かが違う。

お姉様の瞳は、あんなに妖しく赤く輝いてなどいなかった。これは、どういうことだ。

思わず呆然《ぼうぜん》としてしまう私達だったが、破壊された香炉から生まれる見るも禍々《まがまが》しい紫の靄《もや》の存在もあって、我に返る。

「目を、覚ましてください、ヴァン公子。貴方《あなた》は騙《だま》されているのですわ。ノアに、騙されているんですの」

アリスお姉様の言葉に私は疑問しか抱けなかったが、アリスお姉様は違うのだろう。

これが当然で、自分は何一つ間違っていないと言わんばかりに言葉を続ける。

「でも、安心して下さいまし。わたくしが、貴方を今お救いいたしますから。ノアに騙されてしまっている貴方を、わたくしが」

満面に喜色を湛え、アリスお姉様は手を差し伸ばす。

彼女が誰かしらに利用されている事は明らかで、その理由に恐らく私が関わっているのだと理解して思わず表情が歪《ゆが》んだ。

「そんなもので、救うとでも言ってるのか？」

そんな側で、ヴァンはアリスお姉様へ侮蔑の感情を向けた。底冷えた瞳で、香炉を残酷に射貫《いぬ》く。

「……成る程。そういう事だったか。確かに、これならば、親父《おやじ》殿の結界も打ち破れるだろうな。盲点だったよ、内から壊すなんてのは」

アリスお姉様を相手にしたのもたった一瞬。

ヴァンはすぐに意識を別の場所――結界が展開されている天井付近へと向け、立ち昇る紫の靄が結界にたどり着いた事を視認する。

続け様に靄は際限なく広がり続け、それは悪霊を思わせる異形の姿を取る。

突然の出来事に慌ただしくなる貴族達。

そんな光景をよそに、正体不明のソレは不気味極まりない笑い声を響かせながら、結界から私達の下へと飛来を始めた。

――やっぱり、目的は私達か。

私を狙う理由は単純に、ヴァンにとって足手纏《あしでまと》いになるからだろう。

周囲は何が起こっているのか、分からないのだろう。カルロスさんの件を知っている一部のエスターク公爵家の使用人達でさえも、何が起こったのか分からないのか。

立ち尽くしている。

外にいる騎士達は、未だ気付いていないようだ。

だから、どうしようもない。

仮にこの窮地を凌《しの》いだとしても、結界は破壊され、外からの侵入に制限がなくなったこの場は地獄絵図と化す。


——恐らくは、そんな予定だったのだろう。

「準備はいい？　ハク」


私の計画には問題があった。

カルロスさんさえも出し抜いた下手人を捕まえる為には、ある程度の隙が必要だった。

初めから守りに徹してしまえば、相手が姿を現さない可能性が跳ね上がる。

だから、結界は壊れたと認識して貰う必要があった。

加えてもし仮に、全てを打ち砕ける完璧な策を用意されていた場合、相手にただ情報を与えるだけになってしまう。

それだけは避けたかった。

『問題ないよ。結界の崩壊が始まったからか、首謀者らしき人間も、範囲に入った』

婚約の件で間違いなく迷惑をかけてしまうから、早々にこの借りを少しでもカルロスさんに返したかった。

加えて、友達が命の危機に見舞われるかもしれない可能性を許容するわけにもいかなかった。

この方法の最大の問題は、居合わせた貴族達も危険に晒《さら》されるという事。

でもここは、まあ、これまでの私への散々な対応と相殺という事で目を瞑《つぶ》って貰おう。

我ながら少し考えが悪人染みている気がするけど、ちゃんと守るし許して貰え……るよね？

「なら、やるよ。ヴァン」

「任せろ」

カルロスさんのような強固な結界という訳でもないが、私達なりに編み出した合わせ技。

爆発だとか、そういった派手さとは無縁だけど、ここから先は――私達の『テリトリー《庭》』だ。

幻惑系の魔法と、精霊術の混合。


「――『ディア・ガーデン』――」


――擬似固有結界。

緑が床に走ると共に、自然の香りが鼻腔《びこう》をくすぐり――ソレは顕現し、有無を言わさず、それが当たり前のように禍々しい紫の靄と異形の悪霊を消し飛ばした。

12話　闇夜の住人

私が一歩踏み出す。

すると、足元から溢《あふ》れんばかりの緑が広がった。屋敷の床を侵蝕《しんしょく》するように花が咲き乱れ、大地の香りが場を席巻《せっけん》する。

それはどこまでも幻想的で、どこまでも私達に安堵《あんど》の感情を齎《もたら》してくれる。

先程まで存在した異形の怪物に対して抱いていた恐怖を跡形もなく取り払い、結果、貴族達は突如として顕現した緑の世界に見惚《みと》れていた。

これは、森の精霊と呼ばれるハクの契約者である私と、ヴァンが力を合わせる事でどうにか形になった離れ業。

これならきっと、全てが上手《うま》くいく。

下手人はこの『ディア・ガーデン《庭》』から私達の許可なく抜け出せない上、周囲の貴族達も動揺の感情を抱く事はなくなる。

下手人を、捕まえた。

仮にもし、この結果だけを得られたとしても、それは間違いなく上出来というべきものだろう。

ただ、文句のつけようがない最高の結果には程遠い。

そもそも、エスターク公爵家の不手際でパーティーを何者かに掻《か》き回《まわ》されたとあっては信用問題になる。重箱の隅をつつく貴族は出てくるだろう。危険に身を晒《さら》させられた責任を取れ、などと。

ならばどうすれば良いのか。

どうすれば、文句のつけようがない最高の結果を得られるのか。

そんなものは決まってる。


全てを――――上書きしてしまえばいい。

私の柄ではないけれど。

ヴァンの柄でもないけれど、最高に派手で、規格外な私達の婚約のお披露目という舞台で上書きしてしまえばいいのだ。

ならばきっと、誰からも文句など出る訳があるまい。

強いインパクトには、さらに強いインパクトを被せればいいだけなのだ。


「私がヴァンに相応《ふさわ》しくない。釣り合っていない――――そんな事は、言われるまでもなく理解しています」

声を張り上げる。

多くの人達から視線を一身に受ける事に慣れてなくて、心の中では目を逸らしたくて、声が震えてるんじゃないかってビビって、逃げ出したくなって。

でも。それでもと、どうにか自分を奮い立たせる。

「ヴァンの隣は、きっと私のような落ちこぼれより、お姉様のような人の方がずっと相応しい」

ヴァンを呼び捨てにする私の不遜さに、周囲の人間達は聞き間違いでなかったのだと理解をし、あからさまにざわめく。

それでも声を荒らげて罵倒しない理由は、ヴァン自身が私の行為の一切を咎《とが》めていないからだろう。

……反感を買うと知った上で、私はあえてヴァンを呼び捨てにした。

あえて、普段と一切変わらない態度を取った。本当は、社交の場でこんな言動は常識外れで、阿《あ》呆《ほう》と面罵されて然るべきもの。

でも、その前に私はヴァンの友達だから。

ヴァンを大切に想《おも》っているから。

ヴァンの、本心を知っているから。


――ただ俺は、結婚するなら一緒に笑い合えるようなやつとが良かった。


どうせ私は「落ちこぼれ」で、「出涸《でが》らし」で、「汚点」で、「欠陥品」で。

褒められた事ではないけど、罵倒される事には慣れている。

だったら、今更「常識知らずの阿呆」の蔑称が一つ増えても痛くも痒《かゆ》くもない。

こうなってしまったんだ。

なら、私は、ヴァンにとって対等で、心を許して貰《もら》える――そんな存在でいよう。

これは、その決意のあらわれだった。

「だから、皆さんが思っている事は、何一つとして間違っていません」

自分がすごい人間だなんて、思ったこともない。結局、この力だって、ハクに借りているようなものだから。

ハクは私の才能だと褒めてくれたが、そう思ったためしなんて一度もない。

「ヴァンは、こんな私が迷惑をかけていい存在じゃないと思ってました」

唯一無二の友達として接していた。

そこに、一切の嘘偽りはない。

だけど、私の心の奥底にはやっぱり、拭い切れない劣等感と、自虐の感情が残っていた。

だから、言えなかった。

お姉様の憂さ晴らしである縁談に対して、ヴァンに助けを求める事なんてできなかったし、そもそも選択肢にすら含んでいなかった。

本当は、ハク以外で初めて出来た大切な存在《友達》と、離れ離れになるのが嫌だった癖に、私は何食わぬ顔で仮面を被って、いつも通りの「ノア・アイルノーツ」を演じていた。

だって、大事な友達であるヴァンを困らせたくなかったから。

「ヴァンは、天才です。皆さんも知ってると思いますけど、頭も良くて。優しくて。顔もほんっと整ってて。本当に、欠点らしい欠点がないような完璧超人で」

聞く人が聞けば、それは愚痴と捉えられた事だろう。言いたいように、言いたい事だけを口にしてゆく。

幼子が書いた作文のような発言の連続だ。だけど、これで良かった。

どうせ取り繕ったところで、真面《まとも》な言葉は出てこないのだ。

自分の頭の悪さは、よく知ってる。

だったら、ありのままの本心をぶちまけた方がよほど良《い》い。

「――――でも、だからこその苦悩がある」

誰にも理解されない辛さがある。

痛みがある。悲しみがある。

「私はお姉様になれないけれど。『落ちこぼれ』である事に変わりはないけれど。私なりに、ヴァンを支えたい。対等な存在であり続けたい。……そう、思ってます」

接した時間はまだまだ短いけれど、婚約者という立場を抜きにして、私はかけがえの無い友達であるヴァンに対して、心の底からそう思っている。

だから。

「だから、皆さんにはこれを見て欲しかった」

この魔法は――――。

この精霊術は――――。

この、二人で作った技は、私の想いに何よりも相応しいものであったから。

「まだ私は、ヴァンの婚約者としてはちっとも相応しくないけれど、いつか多くの人に相応しいと認めて貰えるように、精進してゆくつもりです」

仮に認められたとして、その頃にはきっとこの仮初《かりそめ》の婚約は解消されているだろうけど。

そんな事を思いながらも、私はおくびにも出さず、屈託のない笑みを浮かべてやる。

それは、目の前にいる貴族達に向けてであり、お姉様に向けてであり、この『ディア・ガーデン』に囚《とら》われた下手人に向けたもの。

「だから是非、私とヴァンが二人でこの日の為に作り上げたコレを、ご堪能下さい」

二つの意味を孕《はら》んだその言葉の意図に気付いたヴァンは、口角を吊《つ》り上《あ》げてどうにか吹き出すのを堪えていた。

まるで幻想世界に迷い込んでしまったようだ。

そう錯覚させられるだけの光景を創り出した担い手の一人であるヴァンは、小声で呟《つぶや》いた。

「……役者だな」

「こんな下手くそな役者がいてたまるもんですか」

さも、この時の為にと予め準備していたかのような物言いを前に、ヴァンは楽しげに笑っていた。

人前では決して、表情を崩さない人間。

感情らしい感情を見せないヴァンが、珍しく楽しげに笑っているその様子に、誰もが驚いていた。

父も。母も。みんながみんな。

普段の何の面白味もない鉄仮面より、こっちの方がずっと素敵で、いい顔をしてるよね。

周囲の人間に向けてそう告げるように、私もまた、一緒になって笑った。

◆◇◆◇◆◇

『――――聞いてない』

ぽつり。

『さすがに、これは聞いてないんだけどな』

謎の声は、焦燥感に駆られながら忙《せわ》しなく視線を動かす。

都合が良いからと使ってやったアリス・アイルノーツが想像通りの働きをし、カルロス・エスタークが構築した結界が崩れた。

ここまでは、予定通りだった。

問題は、この後。

『幾ら何でも、これは出鱈目《でたらめ》過ぎだろう?』

綻《ほころ》んだ結界を遠目から確認し、念には念をと出張ったのが間違いだった。

それが、罠《わな》だと気づいた時には全てが手遅れだった。

――――『ディア・ガーデン』。

この正体不明の技が、全てを阻んだ。

魔法も。精霊術も。逃走手段も。

何もかもを拒み、遮る。

この空間の中では、魔法と精霊術。

その両者の使用が、仕掛けは不明だが禁じられている――――。

『いや。それはちょっと違うかなあ。厳密には、使えると認識が出来ていない、が正解かな。だから、僕やノア、ヴァンはこの空間であっても、問題なく使えるよ。まあ、これは殆《ほとん》ど初見殺しだから、カルロス・エスタークですら、二人を捕まえる事を即座に諦めちゃうような代物だけど』

カルロスの謎の自信は、ここに帰結する。

自分でさえも、種の分からないとんでもない技を編み出すような人間二人を、どうして不安がれようか。

『この「ディア・ガーデン」は、その名の通り、二人の庭だ。だから異物である君は、この空間にある全てから敵として認識される。ああ、抵抗するのは構わないけど、諦めた方がいいよ。なにせ、この技には僕の知識も惜しみなくつぎ込んでるからさ。たとえカルロス・エスタークや、君であっても、ちょっとやそっとでどうにか出来るものじゃない。ねえ？――――闇夜の住人《ダークエルフ》』

貴族然とした服装の少年は、周囲に広がる花や蔦《つた》に絡め取られて身体《からだ》の自由を奪われる。その状態で、宙に浮遊するハクを見据えた。

『……高位精霊。しかも、その中でも特異と言われる〝竜種〟か』

冷静にハクを分析する声。

しかし、その声と思考をハクは容赦なく遮った。

『僕の事はどうでもいいよ。それより、どうして闇夜の住人である君がここにいるのか。どうしてこんな真似をしているのか。洗いざらい吐いて貰う事の方が余程大事だからさ』

ハクの認識では、ダークエルフと呼ばれる者達は根っからの引き籠もりで、自分達のテリトリーから決して出ようとしない種族。

数百年前に森の住人《エルフ》と袂《たもと》をわかったダークエルフは、それ以来、他種族との接点を僅かですら持とうとしなかった筈《はず》だ。

なのにどうして、こんな事をしているのか。

ハクであっても、その行動に疑問符ばかりが浮かんだ。

『……洗いざらい、か』

腐敗する。

ダークエルフの彼に絡みついていた蔦が、花が、空気が、どろりと変容し、腐ってゆく。

『……流石にダークエルフ。この空間内であってもある程度の魔法はすぐさま使えるようになっちゃうか』

だが、許容の範囲内であるし、寧ろこれは想定通り。

確実に拘束するならば、魔力の残量は極力減らすに限るから。

『別に隠す程の事でもないさ。とある人間から対価を差し出され、その対価に見合った見返りを此方《こちら》も渡した。これはただ、それだけの話』

足下の大地すらも腐敗させながら、彼は語る。

別段、ダークエルフの彼からすれば命を賭けて守る程の情報でもない。

所詮は一時的に手を結んだだけの関係。

だからこうもあっさりと告げたのだろう。

『こうしてエスターク公爵家を襲ったのも、見返りとして求められたから。それだけの話さ』

これで、エスターク公爵家が誰かしらに恨まれている事が確定的になった。

しかも、相手はダークエルフを巻き込んでまで始末しようと試みた。

その事実は、重く受け止めるべきだろう。

ハクが話を聞いている隙に、拘束を解き、逃走の準備を整えたダークエルフの彼は、不敵に笑いながら距離を取る。

時間を待てば、間違いなくこの場所にカルロス・エスタークがやって来る。

加えて、この『ディア・ガーデン』。

ハクの存在に、ノアとヴァンまでいる。

明らかに分が悪いと考えたのだろう。

逃走に切り替えるその思考は間違ったものではない。むしろ、至極当然とも言えるものだ。

けれども。

『だから言ってるじゃん。諦めた方がいいって』

腐敗した筈の蔦や花が、活力を取り戻して再度、ダークエルフの彼を拘束する。

次は先程よりもずっと強固に。

その事実に気が付いた彼は、顔をあからさまに引《ひ》き攣《つ》らせる。

続け様に、アリスが見せたあの異形の怪物さえをも無差別に召喚する彼だったが、それすらも吹き飛ばされる灰のように即座にかき消された。

この『ディア・ガーデン』はカルロスのような魔力量に物を言わせる魔法師とは相性が悪いが、策を弄するタイプの相手とはこれ以上なく相性がいい。

この空間ごと破壊出来るだけの火力を有した魔法を放たない限り、基本的に抜け出す方法は存在しないから。

『術者を止めない限り、この拘束は終わらない。洗いざらい吐いて貰うと言ったけど、それで終わるとも僕は言ってないよ』

目的は、彼の知る情報。

それと、ダークエルフが一枚噛《か》んでいるという事実の証拠。

危害を加えた張本人であるという事実を除いても彼を逃す選択肢はハナから存在していない。

悪辣に笑うハクの笑顔は、悪人顔負けのものだった。

『格上の精霊術師の〝テリトリー《庭》〟に、安易に踏み込んだのが運の尽き』

転瞬、ダークエルフの彼は、懐から何かを取り出す。直後、浮かぶ魔法陣。

人間を相手に義理立てをする訳がない。

そう確信していたからこそ、ハクは「自爆」という選択肢を省いて動いていた。

だから、対応に一歩遅れてしまう。

そして――――。

「随分と掻き乱してくれたもんだな」

言葉と共に、どこからともなく何かが飛来。

それが魔導具であるとハクが気付いたのは、「自爆」を試みたであろうダークエルフの行動が無力化されてからであった。

振り返る。

そこには、見知った男――――カルロス・エスタークと、外套《がいとう》のフードを目深に被り込んだ痩躯《そうく》の男性がいた。

「……しかし、とんでもない才能ですね。二人がかりとはいえ、まだ成人を迎えていない子供が〝擬似固有結界〟ですか」

……ここまでやれるなら、貴方《あなた》のあの自信にも頷《うなず》けますね。

その呟きには、どこか呆《あき》れが含まれていた。

言葉にこそされなかったが、よくこんな真似を試みたものだなと言わんばかりだった。

「そして、精霊。確かに貴方の言うように強力そうですね」

『……見えるの？』

ダークエルフは元々、精霊との交友が深い種族だ。

だから、ハクを目視する事ができる。

カルロスは兎《と》も角《かく》、外套の彼、ロヴレン・マグノリアがハクに気付ける理由が分からない。

故にハクは問いを投げかけていた。

「そういう魔道具を使っていますので」

『……成る程。なら、あれはそっちの君の仕業か』

自爆の魔法を無力化したあの正体不明の魔導具の出どころが判明する。

「だが、一部の貴族が得体の知れん連中から力を借りているとは聞いていたが、よりにもよってダークエルフか」

宵闇の中で目にした場合、あまり気にはならないが、闇をかき消された『ディア・ガーデン』の中でその特徴的な褐色の肌はよく目立つ。

「……ったく、連中は何を考えてやがる」

それだけ追い込まれていると言うべきか。

今すぐにでもエスターク公爵家を排除したい理由があったのだろう。

またしても舞い込んできた厄介ごとに頭痛を覚えながらも、ダークエルフへの拘束を強化しながらカルロスは溜息《ためいき》をもらした。

だが、カルロスも、ハクも、ロヴレンも。

誰もがこれで終わったと思っていたからだろう。

ダークエルフが密《ひそ》かに口角を僅かながら吊り上げていた事に、誰も気付いていなかった。

13話　謎の男

「――――〝精霊術〟か」

誰かが口にした声が伝播《でんぱ》する。

魔法と比べれば、とてもじゃないが身近とは言えない代物。

とはいえ、知識を有していない人間で溢《あふ》れているが、それでも〝精霊術〟は誰一人知らないものではない。

このパーティーに参加していた貴族達は、全員が全員私達と同世代ではなく、貴族として何十年と生きてきた者もいる。

そんな彼らが、〝精霊術〟の知識を欠片《かけら》も持ち得ていない訳がないのだ。

だからこそ、露見してしまう事は仕方がないと言えば仕方がなかった。

どうにか隠すという手もあったが、今回の騒動を上書きするという目的を達成する為には、避けては通れない道であったから。

眼前に広がる溢れんばかりの緑。

宙には、目を惹《ひ》く光が飛び交う。

その正体とは――――〝精霊〟。

どうも、私がこの行動を敢行するにあたってハクが急いで周辺にいた〝精霊〟達に声を掛けてくれたらしい。

「成る程。そういう事か」

納得の感情が広がってゆく。

ヴァンの才能はあくまで、魔法に限ったもの。〝精霊術〟の心得があるという話は一度として出回ったためしがない。

だったら、この現象を引き起こした張本人はヴァン一人ではない。

手助けをした人物は誰か。

その疑問にぶち当たった貴族達の視線が、一斉に私へと集まる。

しかし、得心しているのは貴族の中でも私に対して殆《ほとん》ど無関心を貫いていた人間だけ。

迎合するように、姉のアリスと一緒になって散々陰口を叩《たた》いていた貴族令嬢。

そしてその父母達は、あからさまに視線を泳がせていた。

何故なら、彼らからすればこの展開は望むべきものではないから。

散々陰口を叩いていた相手が、公爵家の跡取りの婚約者に指名されてしまった。

そうなれば、家格の低い貴族であればあるほど、これまでの事に対する報復に怯《おび》えてしまう。

私はそんな面倒臭い事をする気もなければ、そもそも浴びせられていた罵倒や陰口を殆どシャットアウトしていたからこれからも無関心を貫くつもりだけれど、向こうはそう思っていないのだろう。

どうにかして、粗を探そう。

どうにかして、この話を――――。

そんな思惑が飛び交っていたからだろう。

場は、異様なくらい静まり返っていた。

けれど程なく、その静寂は破られる事となる。


ぱち、ぱち、ぱち。


何処からともなく響くその音は、拍手だった。

誰もが美しいと評すだろうこの空間に、拍手を向けるその行動は、決して可笑《おか》しなものではない。〝精霊術〟と魔法の合わせ技。

もし仮にこの場に詩人がいたならば、己の語彙を尽くして賛美してくれていたやもしれない。

だから、拍手は決して場違いなものではない。ない筈《はず》なのだ。

なのにどうしてだろうか。

私はその拍手に対して、反射的に顔を顰《しか》めてしまった。

だけど、その理由はすぐに判明した。

拍手をしている人間が纏《まと》う雰囲気が、あまりに異様だったから。

「……今回は偶々、アリス・アイルノーツが利用されたが、そもそもどうやって親父《おやじ》殿の結界を壊そうとしていたんだろうな」

小声で、私にだけ聞こえる声量でヴァンがそんな事を口にする。

今回の婚約の一件は、恐らく誰にも漏れていなかった筈だ。

そもそも、ヴァンとカルロスさんの二人で決められていた事だし、こうなる未来まで予想出来ていたとは思い難《がた》い。

ならば、本来、結界を壊す役目を負っていた人間がいたのではないだろうか。

「……内側から、壊す……としたら」

当然、得られる答えは一つしかない。

要するに、今回のパーティーに招待される人間に交ざっていた。

だが、おかしい。

強力な結界を展開しておくという保険をかけるカルロスさんが、誰も彼もを招待するなどという下手を打つだろうか――否。

であるならば、成り代わっていた。

これが、正解だ。

「常識的に考えて、初めから内側にいた。と考えるのが正解だろうな」

限りなく正解であろう答えに辿《たど》り着《つ》いた瞬間、気持ちの悪い汗が背中を伝う。

苦笑いを浮かべるなど、感情を顔に出さなかったのが私に出来る精一杯の強がりだった。

……社交性がなかったツケがここで回ってきちゃったか。

見覚えはある。

エスターク公爵家が主催するパーティーに私も何度も参加していたから。

でも、纏う雰囲気が貴族のソレとはまるで違う。

浮かべている笑顔も、仮面のように思えて薄気味悪い。一体、彼は、誰なのだろうか。

「……キークス？」

そんな彼の異様な雰囲気に呑《の》まれながらも、尋常とは程遠い彼の名前を呼ぶ声がひとつ。

――キークス。

確かその名前は、どこかの子爵家に籍を置く人間だった筈。

鼻につくような発言を度々口にしていたので、覚えがあった。

だが、名前を呼ばれた筈の本人は、その呼び掛けに応じるどころか反応ひとつ見せない。

それどころか、独白のような呟《つぶや》きを、気味の悪い笑みを浮かべながら口にする。

「全く、ここまで予定が狂わされたのは初めてですよ。カルロス・エスタークの弱味を握る事には失敗し、どころか協力者は捕縛された。まぁ、碌《ろく》に情報らしい情報を持たせてはいないので大した問題ではないのですが」

男は、がしがしと乱雑に髪を掻《か》きむしる。

その言葉を信じるならば、ハクが今回の下手人を既に捕まえてくれたという事だろう。

ならば、残るはキークス、と呼ばれた貴族に成り代わっているであろうこの人物のみ。

「だからまあ、予定外の邪魔が入ったという事でとっとと退散するつもりでしたがあ？　いかんせん、あなた方が将来有望な魔法師と〝精霊術師〟過ぎた。お陰で、こうしてボクが姿を見せる羽目になった。この一点に限り、誇っていいですよ」

先の拍手は、この幻想的光景に対してではなく、己に逃げ道を与えなかった私達への賛辞だった、と。……違和感の正体が判明した。

優秀過ぎたというのは、この〝擬似固有結界〟から抜け出す手段が術者をどうにかする事を除いて見つからなかった、という事だろう。

だからこうして、姿を見せざるを得なかった。

「……おい、キークス!!　お前何かおかしいぞ。一体どうしちまっ――」

「嗚呼《ああ》もう、五月蠅《うるさ》いですねえ。少し、黙ってて貰《もら》えますか」

キィン、と何かが収束する音が僅かに鼓膜を掠《かす》める。

そしてその直後、キークスであった彼の様子を心配する青年貴族に掌《てのひら》が向けられた。

直後、嫌な予感がした。

「……ッ、伏せて！！！」

乱暴ではあったが、咄嗟《とっさ》に反応出来ずにいた青年貴族を覆うように〝精霊術〟を展開。

分厚い葉と花が、一瞬にして彼を覆った事で、突如として生まれた爆発から間一髪で守る事に成功する。

「おや。意外ですね。守るのですか。貴女《あなた》の立場を考えれば、守るどころかそのまま放置していても誰からも非難は飛ばなかったでしょうに」

「……それとこれとは話が別、です。それ、より、いま。何をしようとしたのか、分かってるんですか？」

「ええ、勿論《もちろん》。鬱陶しい雑音を消そうとしただけですが？」

近所の庭でも散歩しているような調子で、当たり前のように人を殺そうとした目の前の人物に、私は嫌悪感を隠し切れない。

しかも、恐らく私達の動揺を誘う為ではなく、本当に耳障りだったからという理由一つでだろう。どういう倫理観を持っていれば、それらの行為を肯定出来るのだろうか。

「しかし、素晴らしいですね。アレに反応して人を守り切れてしまう、とは。実に素晴らしい〝精霊術〟の使い手です。カルロス・エスタークを失脚させる為の作戦も頓挫し、協力者も捕われた。その中で手ぶらで帰るというのは些《いささ》か、躊躇《ためら》うところでしたが――」

――ここにいい手土産があるではないですかぁ。

男の焦点が私に合わせられると同時、粘着質な声がブレたと認識した瞬間、男の姿がかき消え、私の目の前に現れる。

まるで、場面に無理矢理に差し込まれたかのように。

そのせいで、彼の言葉を聞き取るという余裕すら失う。

伸ばされる手。

意識の間隙をついたような行動だったが故に、私の身体は硬直してしまう。

魔法の兆候もなしに、ここまで人外染みた動作をどうやって。

そんな疑問を抱く私だったが、男の手が私を捉えるより先に、勢い良く何かに引き寄せられる。

それが、抱き寄せられたからだという事に気が付いたのは、私の鼻腔《びこう》をよく知る匂いが擽《くすぐ》ってからだった。

「その動き、見た事がある。お前、帝国軍人か」

「おや。博識ですねえ？」

身長差のせいで、ヴァンの胸に頭を突っ込むような形になってしまっているが、それでも私の聴覚を遮るものはないのでその言葉は明瞭に聞こえた。

「……帝国、軍人」

王国の隣に位置する国。

私は基本的に内外共に政治にあまり興味を抱いていなかったので、全く詳しくない。

だけど、そんな私であっても帝国についてはあまりいい噂《うわさ》を聞いたためしがなかった。

故に、眉根が寄った。

「悪霊の次は帝国か。よくもまあ、他国の王位継承問題に首を突っ込んでくるもんだ」

何故、力を貸しているのか。

何故、首を突っ込んでくるのか。

疑問だらけだ。

ただ、少なくともそうするだけの理由があるのだろう。

そして、それにあたってエスターク公爵家――もとい、カルロスさんが邪魔と思われているのはまごう事なき事実である筈だ。

「だが正直な話、王位継承は俺に言わせれば、どうでもいい」

貴族として凡《おおよ》そ相応しくない発言だ。

しかし、それはヴァンの本心からの言葉だろう。そもそも、エスターク公爵家は中立の立場をひたすら貫いている上、公爵家でありながら政治に殆ど介入していない。

エスターク公爵家の次期当主としても、ある意味、正しい発言ではあった。

本人としては、面倒臭い事は御免かつ、貴族と進んで関わりたくない。なんて思っているが故の発言なのだろうけれど。

「本音を言えばエスターク公爵領の民さえ不幸にならないなら、勝手にやればいいとすら思ってる。ただしそれは、俺の身内に手を出していない場合に限り、だがな」

そこで私は気付く。

カルロスさんの執務室から持ってきた筈の魔導具を、なぜかヴァンは何一つとして持っていなかった。

――いつの間に。

そんな感想を抱くと同時、その訳が判明する。


「――――」

場の空気が、緊迫する。

場を埋め尽くす程に展開された無数の魔法陣が、張り詰めた空気を作り出す。

所々で聞こえてくる息を呑《の》む音の重奏。

「……多重魔法陣。それも、その高速展開。魔導具の助けを得ているとはいえ、噂には聞いていましたが、化物ですねえ」

「なら、その化物の逆鱗《げきりん》に触れた事を後悔しろ」

言葉と共に、私の首付近に回されていたヴァンの腕が離れる。

そして、隠れていろと言わんばかりにヴァンが私の前に立った。

本来ならば、そこで庇《かば》われるがままに守られておけばいいのだろう。

でも、私はそう在るつもりはなかった。

他でもない自分自身が、先程皆の面前で「対等」でありたいという意思表示を行った。

故に、それを覆す気は毛頭なく、どこまでも貫いてやる気でいた。

しかし、魔法師同士の戦闘でヴァンの手助けが出来るほど、私に能力があると自惚《うぬぼ》れている気もない。

だからこそ、周囲に注意と視線を向けた。

ヴァンの魔法の腕は疑いようもない。

そんな彼に「万が一」があるとすれば、間違いなく、相手の男以外の要素が絡んだ時だろう。

私は、その「万が一」を消してしまえばいい。

傲慢のように聞こえるだろうが、今の私ならばそれが出来る。

この、『ディア・ガーデン』が展開されている今ならば、私にだって出来る。

だから。

「ええ。後悔していますとも。ですが、まだ青い」

「それは、どうでしょう」

「……なに」

男の視線の動き。

空気の異変。筋肉の膨らみ方。

それらも含めて注視していた私は、男の台詞《せりふ》に言葉を被せる。

直後、ここにきて漸く、初めて男の顔から余裕が失われた。

香炉を使用して以降、心ここに在らずといった様子で茫然自失《ぼうぜんじしつ》となっていたお姉様の身体《からだ》を、蔦《つた》や葉が拘束。

他の貴族の面々も、万が一がないように〝精霊術〟を用いて守りにかかる。

加えて、男自身も何やら企《たくら》んでいたようだが、その企みは彼の足下に浮かんだ魔法陣によって阻まれた。

「思い込みって、怖いですよね」

ヴァンと比べれば児戯にも等しい魔法の運用。

ヴァンが行使していたならば、男は気付いて何らかの対処をした事だろう。

けれど、使用者が私であったが故に、反応が遅れ、出来なかった。

何故ならば、私は元々、碌《ろく》に魔法を扱えない「落ちこぼれ」令嬢であった筈だから。

「練度もひどいものなのに、使えない筈の人間が使ったともなれば、こうも綺麗《きれい》にハマる」

魔法は今も、「殆ど」使えない。

そこに一切の虚偽は含まれていない。

ただ、伊達《だて》にエスターク公爵家に出入りしていた訳じゃない。

ヴァンとハクの手助けを受けて、辛《かろ》うじてレベルだけど、「少し」は魔法を使えるようになった。言ってしまえば、子供騙《こどもだま》し。

でも、使う場面を選びさえすれば、それは鋭利な刃《やいば》となる。

「何か策を弄そうとしていたみたいですけど、だめです」

「く、ハッ、やってくれます、ねえ……!!」

私が使った魔法は、初歩も初歩。

魔法の行使を阻害するジャミングの魔法。

一瞬の足止めしか出来ないけれど、今はその一瞬さえあれば事足りる。

そこに、ヴァンの魔法。

「ならば……っ、ちぃッ」

思考をものの一瞬で切り替えた男は、周囲へ視線を向ける。

しかし、徹底的に守りを固められていた現状に、男は鋭く舌を打ち鳴らす。

「本当に、やってくれますねえ……!!　なら、ひとまずここを」

——離れなくては。

私達を害する事は後回しに、どうにかしてこの窮地から逃れようとする男だったが、そんな彼に、ヴァンは一言。

「もう遅い」

防ぐ手段を失い、必然的に一歩後からしか対処を出来なくなった男の顔に、明確な焦燥が滲《にじ》んだ。そして、周囲の人間を私が守っている事をいいことに、容赦のない大火力で——。

赤い光を帯びた魔法陣が、猛威を振るう。

「——〝煉獄《インフェルノ》〟——」

14話　願い

圧倒的過ぎる熱量。

何もかもが乾いてゆく程の熱気は紛れもなく、ヴァンが用いた魔法が〝高位魔法〟と呼ばれる魔法師の中でもごく一部にしか扱えない魔法である事を顕著に示していた。

逃げ場など、存在しない。

そもそも、この熱気の中では真面《まとも》に呼吸すらも許されない。

逃げるという思考すらも奪う大魔法。

普通ならば、これで終わりだった。

これで、詰みだった。

……ただし、それは私達が相手にしていたのが、ただの人間であったならばの話。

「ふ、ふふふふ」

聞こえる筈《はず》のない声に、眉根が寄る。

不気味極まりないその声に、生理的嫌悪を抱く。

「ふふふふふふひひひ」

「……手加減をしたつもりはないんだがな」

相手が救い難《がた》い外道と分かるや否や、「捕縛」の優先度を下げ、始末を選んだヴァンの選択は間違っていない。

もしもの事を考えれば、ここで敵を殺す事は何一つとして間違った判断ではない。

なのに、敵の笑い声が聞こえた。

同時、陽炎《かげろう》が見える。

やり過ぎとも思える魔法を撃ち放って尚、私達の視線の先には人影があった。

「まさか。まさか、まさかまさかまさか。たかだか、子供二人にここまで追い詰められるとは。危うく、死ぬところでした」

歩み寄ってくる。

無傷ではない。

酷い火傷《やけど》痕が見受けられる。

直前に、魔法か何かを発動していたようにも見えたので、それでヴァンの魔法と相殺した。

だから、まだ生きているのだろう。

そこまでは理解が出来た。

でも。でもだ。

負った傷が、魔法を使用する事すらなく、時間を巻き戻したかのように無傷に戻るその現象は一体、何なのだろうか。

悍《おそ》ましいその光景に、思わず自分の目を疑った。

「……どっちが、化物なんだか」

「ですが、やはり発展途上。カルロス・エスタークであれば今頃私は消し炭になっていたでしょうが……貴方《あなた》の未熟さに救われましたよ」

先の大魔法に、ごっそりと魔力を持っていかれたヴァンが、肩で息をしながら眼前を睨《ね》め付《つ》ける。

慣れない魔導具と高位魔法の使用。

〝擬似固有結界〟の展開も、ヴァンが半分も負担している。

普通の人間ならば、既に倒れていてもおかしくない量の魔力をヴァンは消費している。

だから、こうなったならば、ここからは私がどうにかしなくちゃいけない。

それは、分かってる。

分かっているんだけど、

「なん、で」

「――――〝精霊術〟に精通しているのは、貴女《あなた》だけではないんですよ」

身体が、動かなかった。

恐怖で動かない訳じゃなくて、本当に微動だにしてくれなかった。

そして、未だ燃え盛る業火の先から、男が姿を現す。

先程までキークスと呼ばれていた男の顔は焼け落ち、その中から見慣れない男の顔が姿を晒《さら》す。

燃え尽きた灰のような色の髪。

傷だらけの顔。

年齢は、三十程度だろうか。

……私は、そんな分析をする。

否、身体が動かない今、分析をする事しか出来なかった。

『ディア・ガーデン』の効果が切れたのだろうか。

一瞬、そんな事を思ってしまうが、周囲には未だ、その効果が見受けられる。

だったらどうして。

いや、そもそも彼は一体私に何をした？


――――こんな時、ハクがいれば。


そんな事を思ってしまって、これまでずっと私がハクに頼り切りだったという事を自覚させられる。

「……しかし、不憫《ふびん》なものですねぇ」

業火の中で、声が響く。

「不憫だと？」

「もし仮に、自国の王子が真面であったならば、こんな事にはなっていなかったでしょうに。少なくとも、あの愚物王子がいなければここまでの大事《おおごと》に発展する事はなかった。そもそも、エスタークク公爵家が狙われる事はなかったでしょうに」

政争の事はある程度私も聞き及んでいる。

事情を事細かには知らないけど、王子様達が深く関係している事は、よく。

だから、まるで自国の王子が自国の貴族を排除しにかかったと捉えられる物言いをした事が引っ掛かってしまう。

男の立場を考えれば、それが単なる嘘《うそ》で、挑発である事だなんて火を見るより明らかなはずだ。

なのに、何故か私はその発言を嘘だと捨て置く事が出来なかった。

「……愚物だなんて、随分な言い草ですね」

「だってそうでしょう？　いち貴族家の操り人形になっている王子を、愚物と言わず、なんと言い表せと？」

やがて、業火が掻《か》き消《き》える。

そこには、やはり先程まではまるで別人の姿があった。キークスではない、男の姿。

泰然とした立ち姿に隙はなく、どちらかと言えばカルロスさんに限りなく近い――歴戦の戦士のソレであった。

「甘言に惑わされ、国を割り、今も尚、害虫として掻《か》き回《まわ》す王子など、愚物でしかないでしょうに」

その言葉を最後に、何かが駆動する。

直後、見た事もない魔法陣が虚空に浮かんで――男の姿が掻き消えた。

十数メートルあった距離が、即座にゼロへ。

「事実、そのせいであなた方はこんな目にあっているのだから」

それは、ヴァンが彼の正体を帝国軍人であると見抜いたキッカケの動きそのものだった。

「……本来であればここで撤退、といきたいところですが、いかんせん未熟とはいえあなた方はあまりに優秀過ぎた。故にこそ、多少のリスクを負ってでも、ここで芽を摘ませていただきましょうか」

リスクとは、時間を割けば割くだけカルロスさんが駆け付けてくれる可能性が膨らむ事を言っているのだろう。

静かな殺意と共に、何処からともなく取り出された凶刃が無数の軌跡を描く。

その矛先は、動けない私ではなく、ヴァン。

どうする事も出来ない私は後回しに、ヴァンをどうにかしてしまおうという腹積りなのだろう。

……対等な立場でありたいと願った癖に、大事なところで何も出来ない。

何も、させて貰《もら》えない。

その事実が、ひどく申し訳なくて、悔しくて。ハクがいなければ何も出来ない自分がどうしようもなく恨めしかった。

「……おや、こちらの心得もありましたか」

直後、不意打ちとも思える速攻を喰《く》らいながらも、飛び散ったのは鮮血ではなく、火花。

ヴァンが懐に仕舞い込んでいた短剣が、攻撃を阻み、虚《むな》しい鉄の音を殷々《いんいん》と響かせた。

「……親父《おやじ》殿が、魔法一辺倒である事を許してくれなかったんでな」

カルロスさんは、多くの人間がイメージする魔法師とは異なり、どちらかと言えば武人気質。筋骨隆々とまではいかないが、武術にもある程度精通しているとヴァンからいつだったか、聞いた事がある。

曰《いわ》く、魔法師にとって体力は必須。

だから身体を鍛える必要もある。

それにあたって、武術を学ぶ事は適しているし、自衛の手段としても有用であるから。

そんな理由でヴァンは剣を学んでいた筈だ。

ハクが思わず、『……剣士として生きるのもアリだったんじゃないの』と言ってしまう程度に、才に恵まれていた事を知っている。

なのに。

「です、が。これでもボク、魔法よりも近接戦の方が得意な人間でして」

ヴァンの頬に赤い線が走る。

それは頬にとどまらず、腕に。足に。身体《からだ》に。ヴァンが魔法を行使しようと試みても、既に展開された男の魔法陣が邪魔をする。

そもそも、目にも止まらぬ速さで行われる近接戦のせいで、満足に魔法を発動する余裕自体がない。

そのやり取りを、見ているから分かる。

……ヴァンは私に男の攻撃が向かないように、注意が向かないように立ち回っている。

どう考えても、私が足手纏《あしでまと》いだった。

そして、男はそれを知った上で、私の存在を利用している。
ニヒルに歪《ゆが》んだ口角が、顕著にそれを表していた。

どう、する。
どうしたらいい。
私は、どうするべきだ。

自問自答を繰り返す。
ぐるぐると私の頭の中で、疑念が巡る。

——〝精霊術〟の本質は、「願い」なんだ。

そんな時、ふといつだったかハクに投げ掛けられた言葉が脳裏を過《よぎ》った。
私が〝精霊術〟の一切を理解していなかった頃、ハクはそう言って私に教えてくれた。
尤《もっと》も、あの時のハクの言葉は未だに満足に理解できているとは言えないのだけれど。

——そう創り上げるのだという「意志」が本質の魔法と異なって、〝精霊術〟は、そう在れかしと「願う」想いの「強さ」が本質でね。

魔法の適性に全くと言っていい程恵まれなかった私だからこそと言うべきか。

魔法の本質というものを、私は全然理解する事が出来なかった。

だから、ハクの言う違いはイマイチ分からなかった。

それは、今も尚変わらないし、〝精霊術〟の本質というものも、私は未だ満足に理解出来ずにいる。

元より、私にとっての〝精霊術〟とは、自衛の手段でも、魔法の代替でもなく、単にハクとの繋《つな》がりを示すものであると思っていたから。

『――だから、願えばいい。僕にじゃなくて、そう在れとただ願えばいいんだ。そうすればきっと、応えてくれる。多くの精霊が、その願いに応えてくれる。

ノアにはその才がある。それは紛れもなく君の才能なんだ。僕から力を借りている。そんな負い目を抱く必要なんて何処にもないんだよ。

なにせ僕らは――ノアだから力を貸しているに他ならないのだから』

慈悲でもなんでもなく、ただ私だからなのだと言ってくれるハクの言葉に、当時の私は嬉《うれ》しく思いながらも遠慮する事しか出来なかった。

でも、だけど、もし。

もし、あの時の言葉がまだ有効なら――どうか、助けて欲しい。

どうか、力を貸して欲しい。

足手纏いになり続けるのは、嫌だった。

だから、だから。

「……、……『ディア・ガーデン』」

――私も、ヴァンと一緒に戦わせて。

鉛のように重い身体をどうにか動かし、息を呑《の》んでから再度、言葉を口にする。

びくともしなかった身体は、精霊達の補助のおかげでかろうじてだけれど、動いた。

「……な、に」

耳聡《みみざと》く私の声に気付いた男が、驚愕《きょうがく》の色が入り混じった反応を見せる。

それは、私が動けるようになったという事実に対しての驚きだけとは思えない、若干大袈裟《おおげさ》に近い反応であった。

『ディア・ガーデン』の優位性は失われている。既にその特性は理解されていると考えるべきだろう。

なのに、消耗の激しい〝擬似固有結界〟を再度使用する意味が分からない筈だ。

そんな意味のない事をして何になるのだと思っているに違いない。

嗚呼《ああ》、うん。

それでいい。

私の一挙一動に好きなだけ気を取られていればいい。迷えばいい。悩めばいい。

その意図を探ろうとする男の様子を度外視して、私は続けて〝精霊術〟を行使した。

「風よ――――」

言葉と同時、生まれた風が男に纏《まと》わり付《つ》き、吹き抜ける。

だが、その邪魔も数秒すら保たずに霧散する。

〝精霊術〟に精通しているというあの言葉は事実なのだろう。

『ディア・ガーデン』内でありながら、こうして自由に抵抗が出来ていること。

ヴァンの魔法を受けて無傷である事。

その時点でそんな事は誰に指摘されるまでもなく理解している。

男の力量が、尋常でない事くらい。

だから、実力の追いついていない私が正攻法で戦うなど、愚行以外の何ものでもない。

そんな事は、分かっている。

「……っ、何もしなくていいノア！！！」

ヴァンの叫び声が聞こえた。

何かすればするだけ、私に敵意が向くと分かっているが故の言葉なのだろう。

証明するかのように、正体不明の魔法が私の頬を掠《かす》めた。

擦過傷特有の焼けるような鋭い痛み。

たしかに、痛い。

思わず声を上げてしまいたくなる程に、痛かった。でも、傷だらけのヴァンと比べればこんなもの――――こんなもの、傷のうちにも入らない。
だから、気にするな。
気にせず、私はただ「願え」ばいい。
「――――」
不意に、キィン、と魔法陣が駆動する音が響いた。
その現実に、息を呑む音の重奏が生まれた。
使用者は灰髪の男でも、ヴァンでもない。
ましてや、私でもない。
文字通り、突如として生まれた。
これが適当だろう。
だが、世の摂理として生まれる事象はその全てに何らかの原因が存在する。
突然、何の脈絡もなく生まれる事はあり得ないのだ。
そう、あり得ないのだ。
「まさ、か」
何かに気付いたのか。
灰髪の男が視線を後ろへやる。
そこには見るも粗末な魔法陣が浮かんでいた。
否、魔法陣とも呼べないもの。

ただ地面を風で削っただけの魔法陣があっただけ。


本来、魔法とは己自身で術式を構築し、陣を描く事で完成するものだ。

だから、魔法を扱う為には術式の詳細を理解する必要がある。

加えて、魔法師としてのセンス。

私にはそれが絶望的に足りておらず、そのせいで努力に努力を重ねて、やっと子供騙《こどもだま》しの魔法を一つ辛うじて使えるようになった。

その程度だった。

魔法師として正しい過程を踏み、魔法を発動させる場合、ここが私の限界だった。

ただ、努力を重ねただけあって、魔法の知識だけはそれなりに持っていた。

ヴァンやハクが、罷《まか》り間違って高位魔法であれば使えるのではないか。

そんな提案をし、試みていたせいで、使えはしなかったものの、知識はあった。

だから、この場に必要な魔法が何であるのか。それを私は知っていた。

陣は私が用意し、行使の部分を──〝精霊〟に任せる《願う》。

魔法の分担。

そんなものは聞いたこともないだろう。

使用者の私でさえも、偶然今、思いついただけなのだから。

故にこそ、こうして虚を衝《つ》ける。

私は少しだけ口角をあげて、言葉を紡いだ。

「――――〝暴風《テンペスト》〟――――!!」

だが、精霊の力を借りて尚、かつてヴァンが私の前で見せてくれたものとは完成度が天と地ほどの差であり、劣化版極まりなかった。

そもそも、〝精霊〟にとって魔法は門外であり、精霊術が使える手前、魔法を使う必要などどこにもないのだから。

けれど、その一瞬が運命を分けた。

灰髪の男の背後に〝暴風《テンペスト》〟を展開した事で、対処に追われて隙が生まれた。

その隙を見逃すヴァンではなくて――――。

虎《こ》視《し》眈々《たんたん》と千載一遇の機を狙っていたヴァンが、魔法陣を展開。

ぶわりと一瞬で虚空に広がる無数の陣。

視界全てを埋め尽くす勢いで展開されたソレは、どこにそんな力を残していたのだと思わず口にしてしまいそうになる程、圧倒的であった。

「こんな、もの……！！！」

今度こそ追い詰められた灰髪の男が、抵抗を試みる。

『ディア・ガーデン』の効力は未だ健在で、活力を取り戻した蔦《つた》が彼に絡みつき、動きを束縛しようと試みる。

だが、灰髪の男の動きを制限しようとしていたのは蔦だけではなかった。

見たこともない極小の人工物がいつの間にか浮遊し、何やら男の動きを絡め取る。

「……あれ、は、マグノリアの。い、や、今は関係ない……ッ」

一瞬だけ聞き取れたヴァンの呟《つぶや》き。

マグノリアといえば、心当たりはマグノリア公爵と呼ばれる魔導具のエキスパート。

魔導具の知識と技術だけで公爵の地位まで上り詰めた、言わば、一種の化物。

けれど、その疑問を解消するより先に、ヴァンの魔法が完成した。

ばちり、と帯電の音が殊更大きく響く。

そして、展開された黄金色の魔法陣が、灰髪の男に焦点を合わせて、そして撃ち放たれた。

「いい加減に、くた、ばれッ――〝轟雷《フォルゴーレ》〟――――！！」

15話　リディア・シサック

一際大きく響き渡った雷撃。

それは容赦なく大地を穿《うが》ち、地響きを齎《もたら》した。数秒程経過した今も尚、その余波は見受けられる。

鼓膜を揺らす帯電の音。

立ち上る砂煙と、それに纏《まと》わり付《つ》く雷の残滓《ざんし》が眼前一帯を支配していた。

無理を重ねたせいで、とうの昔に限界値を超えている私達にとって、これでも立ち向かってくるともなれば、いよいよお手上げだった。

「――その他大勢を守りながら、この大立ち回り。いやはや、凄《すさ》まじいの一言に尽きますね」

……これでも、駄目なのか。

疲労をこれっぽっちも感じさせないその物言いに、諦念に似た感情が湧きあがった。

だけど、程なくそれが先程まで相手取っていた者の声ではない事に気付く。

「えっ、と、だ、れ……？」

「ロヴレン・マグノリア」

息も絶え絶え。

疲労の色が顔に滲《にじ》み、立ち尽くしている事がやっとの状態だろう、ヴァンがそう答えた。

「……あの魔導具からもしやと思った、が、どうして貴方《あなた》が此処《ここ》にいる？」

ここで、先のヴァンの呟《つぶや》きが繋《つな》がった。

彼がマグノリアの名前を出したのは、偶然でも何でもなく、この場にマグノリアの人間がやって来ていたから。

だけど、疑問が残る。

パーティーに招待された人間の中に、マグノリア公爵家の人間はいなかった筈《はず》だ。

なのに、どうしてこのタイミングでマグノリア公爵家の人間が……？

そもそも、同じ国の貴族とはいえ果たして味方と認識して良いのだろうか。

疑心暗鬼に陥る私だったが、時間と共に晴れゆく砂煙越しに見えた光景のお陰で、その疑念は呆《あっ》気《け》なく払拭された。

『曰《いわ》く、偶然が重なった結果、なんだってさ。しかし、魔導具師の一族ね。確かに、あのカルロス・エスタークが認めるだけの事はある。少なくとも、魔法や精霊術じゃ、こんな真似は不可能だろうね』

「ハク？」

安心感をこれ以上なく齎してくれる親しみ深い声。

ヴァンがロヴレン・マグノリアと呼んだ人物のすぐ側に浮遊する白いモコモコ――ハクがそこにいた。

やがて、浮遊していたハクは私の側にまで近づいて来てくれる。

「……なんで、貴方がここにいるんですかねえ……？　ロヴレン・マグノリア」

見たこともない魔導具に絡め取られ、先の魔法をもろに食らっていた灰髪の男が疑問を口にする。

地に伏せながら、拘束される彼は、何故か身体《からだ》に刻まれた見るも痛々しい傷を回復させられていなかった。

何か、条件があるのだろうか。

「うちの王子様が、カルロスについて行けと煩《うるさ》かったんですよ。昼行灯《ひるあんどん》な方ではありますが、一応あれでもちゃんとしてますからね。それと、あの方の勘は侮れませんから」

「……ひ、ひひふふふ、成る程成る程。第三王子ラバン・ノーレッドの仕業でしたか」

この状況下でも笑う態度を前に、拘束の手が強められる。

「一応、カルロス・エスタークだけならば、逃げる術はまだ残っていたんですが……これはアテが外れましたねえ」

姿は未だ見えないが、ロヴレンさんの言葉を信ずるならばこの近くにカルロスさんもいる。

敵は身体を拘束されており、最早どうしようもない。

「流石のボクも、これはどうしようもない。一人では、どうしようもありませんねえ」

私の限界と共に、消えゆく〝擬似固有結界《ディア・ガーデン》〟。

その外には、万全の状態のカルロスさんと、異変を察知して駆け付けたエスターク公爵家の騎士達が控えていた。

そんな現実を目視してしまったからこその言葉であったのだろう。

「ですが、それはボクに限った話ではないようだ。大方これは……万が一の保険、ってところですかねえ？」

抵抗する気はないのだろう。

ことこの状況においては無駄と割り切る灰髪の男は虚空に視線をやりながら、キヒと笑う。

それはまるで、愉楽に歪《ゆが》んでいるようで、自虐的な破顔であった。

やがて、何もなかった場所に変化が起きる。

じんわりと、何色もの絵の具が滲んでいくような色味の変化だった。

「……転移魔法」

現象を前に、誰かがぽつりと呟いた。

それは、まごう事なき転移魔法と呼ばれる移動魔法の予兆。

そして、使用者が限られるその魔法の使い手に、私達は心当たりがあった。

何故ならば、転移魔法は、このノーレッド王国で一、二を争う程に有名な人間の代名詞でもあったから。

若くして王国騎士団副団長という地位に任ぜられたその者の名を、

「……今更、何の用ですかね。リディア・シサック。駆け付けた、にしては随分とタイミングが遅い上……このタイミングでここに偶然やって来たというには些《いささ》か、都合が良過ぎる気がしますが」

程なく、姿を現した紅色の髪を首の後ろで一纏《ひとまと》めにした女騎士を前に、ロヴレンさんが苦々しそうに皮肉を告げる。

灰髪の男の言葉を全面的に信用している訳ではないだろうが、ロヴレンさんの中でも最悪の未来が予想出来てしまったが故の反応だったのだろう。

何より、王都から離れたエスターク公爵家で問題が起こっていると知る人物は普通、近くにいた人間もしくは、その下手人だけだ。

ロヴレンさんの疑問は当然でしかない。

「勿論《もちろん》、偶然と言い張るつもりはない。こうしてここにやって来たのは、エスターク公爵領に用があったからだ。とはいえ、斯様《かよう》な事になっているとは知らなかったが。だが、事情は大体理解した。故に、この者達の処遇についてだが、ここからは我々が引き継ごう」

周囲を一度見回した後、リディアさんは言う。

転移してきたのは彼女だけではなく、他にも騎士らしき人間が複数人。

拘束されている灰髪の男を引き取るべく、彼らは動き始めた。

その様子を、初めからそのつもりだったと捉えてしまう私の考えは歪んでいるのだろうか。

追い詰めたのも、捕まえたのも私達なのに、まるで狙ったかのようなタイミングで現れて、全てを証拠隠滅するように奪い去ろうとする。

不都合な事実を隠蔽するかのように。

タイミングについては、擬似固有結界のせいもあるかもしれない。だけど、それでも何もしなかった、出来なかった人間が、一方的に成果を奪う事は許容して良いものではない。

なのにどうしてか、カルロスさんやロヴレンさんは兎《と》も角《かく》、ヴァンまでもが異を唱えようとしていなかった。

「それと、ヴァン殿と……」

リディアさんは、蔦《つた》で拘束されたままのアリスお姉様と私を見比べる。

アリスお姉様の名前は知っていたのだろう。

面立ちの似た私の容姿から、彼女は答えに辿《たど》り着《つ》く。

「アイルノーツの御息女には、事情を伺いたく、王都まで同行していただこう」

そして、私達を取り囲むように、騎士達が位置取りを始めた。

逃さないようにという意図が透けて見えるその行動に、とてもじゃないが好意的な感情は湧き上がらない。

寧ろ、灰髪の男の言葉が正しいのではという感想しか抱けなかった。


「断る」


そんな中、場に朗々と声が響き渡った。

ヴァンの声だ。

疲労を一切感じさせない、凛《りん》とした声音。

逡巡《しゅんじゅん》の含まれないその返答に、場に漂う空気が凍りついた。

「百歩譲って、こいつを引き渡す事は認めてやっても良かった。だが、同行だと？　少なくとも、俺やノアが身体に鞭《むち》を打ってお前達の為にわざわざ王都に足を運んでやる義理はない。駆け付けた時には既に全てが終わっていたと伝えればいいだけの話だろう」

「……本当に、それでよろしいので？」

リディアさんに同行していた騎士のうちの一人が、眉根を寄せて念を押す。

それはまるで、挑発するかのような声のトーンであった。

「……どういう事ですか？」

その反応に、堪《たま》らず私は反応してしまう。

「そのままの意味ですよ。我々は今回、エスターク公爵家が外部の人間と通じている、という噂《うわさ》を耳にしたが故に、こうしてやって来たのですから」

出て来た言葉は、今回の騒動をエスターク公爵家が起こしたのかもしれないと、その可能性を疑うものであった。

そんなふざけた話があるかと言ってやりたかったが、私が怒りに身を任せて声を上げるより先にヴァンが私を手で制する。

反論するなと言わんばかりの行動だった。

「成る程。そういう事情か。しかし、王都での騒動に追われる騎士団が、噂一つで副団長を伴って動くとは思えない。恐らく、裏付けした人物がいたんだろう。騎士団に、少なくない影響力を持つ人間の誰か、がな。だが、おかしいと思わなかったのか」

「おかしい、ですか？」

「中立派かつ、王都にて事態の収拾を図る人間が、どうして外部を頼ろうとする？」

「それは勿論、エスターク卿《きょう》がこの事態に対して手に負えないからと協力を仰いだ――」

「ああ、そうだな。『実力行使』という最終手段を持ち合わせていない人間ならば、ヤケクソになったという言い分もまだ分かる。だが、親父《おやじ》殿は違う筈だ。寧《むし》ろ、外部に頼ろうとする動機が十二分にあるのは親父殿に邪魔をされている人間……。こうして搦手《からめて》でエスターク公爵家を陥れようとしたかったが為《ため》、と、言われた方がよっぽど納得が出来る気がするがな」

　要するに、その根も葉もない噂を裏付けた人間こそが怪しいのではないのか。

　冷静に指摘するヴァンの言葉に、騎士の男はうぐ、と言葉を詰まらせる。

「なのに、一方の情報を鵜《う》呑《の》みにして、こいつを奪い取り、挙句、俺達を連行だと？　ふざけているにも程がある。疑うならば、それ相応の証拠を先に出せ。話はそれからだ。そもそも、身柄を即座に引き取ろうとするその行動には怪しさしか感じられないがな。タイミングが良過ぎるんだよ。俺達を王都に連れていって、口封じでもしたいんじゃないのか？　この男は、特別口も軽かったしな」

「なん、だと……!!　ヴァン殿は、我々を侮辱するのか……!?」

　ヴァンの発言に、騎士の一人が激高し、今にも飛びかかろうとする。

　だが、そんな騎士をリディアさんが制する。

「……やめろ。確かに、ヴァン殿がそう思うのも無理はない。ですが、噂を噂であると軽視出来ない状況である事についてはある程度の理解をしていただきたい。エスターク卿」

リディアさんの視線がヴァンから外れ、向かった先にはいつやって来たのかは不明だが、カルロスさんが立っていた。

エスターク公爵領に引き籠もっている状態のヴァンとは異なり、つい先日まで王都にいた貴方ならば分かるだろうとリディアさんは同意を求めていた。

「確かにその通りだ。が、それでも、はいそうですかと納得はしてやれねえな。ヴァンの言うように、同行だって認められん。話が聞きたいならうちの屋敷で聞けばいい。正直に言うが、今の王都の連中は信用出来ない奴が多過ぎる」

「……それでは、公平さが」

「証拠の一つすら出さずに、噂を鵜呑みにしてヴァン達を一方的に連行は都合が良すぎるだろう。王都に連れていっちまえばそれこそ何でも出来る。公平さもクソもねえだろ。それとも何か。これは王命か？」

王命とは、現国王にのみ発する事が許されたもの。

貴族であるならば、その命には何があろうと逆らえない。

だが、露骨に視線を逸らすあたり、王命ではなかったのだろう。

「協力はしてやる。オレとしても、今回の事については一日でも早く首謀者を明らかにしたいからな。ただ、それについても条件がある」

「条件？」

「ここに居合わせた騎士の中では、オレが協力出来る相手はリディア・シサック。あんただけだ。

よって、他の騎士の同席は認められねえ」

「そんなふざけた話が……!!」

名指しされたリディアさんは口を真一文字に引き結んでいるものの、他の騎士達がこぞって声を上げる。

しかし、リディアさんが同調しない事もあってか、その勢いは決して強くはなかった。

もしくは、王国の盾と認識されているカルロスさん相手に、高圧的な態度はとれないと本能的に察していたからなのかもしれない。

「今回の件は、オレの留守を狙って行われたものだった。つまり、オレの行動を把握している人間によって実行に移されたものだ。ここまで言えば、言いたい事は理解したか？」

要するに、有象無象の騎士は信用出来ない。

少なくとも、騎士団副団長であるリディアさんのような立場にある人間で漸《ようや》く、多少の信頼を寄せてもいい、ということなのだろう。

尤《もっと》も、その信頼も、立場があるが故に下手な事は出来ないと踏んでの信頼なのだろうが。

「そいつの身柄は引き渡してやる。それがオレに出来る最大限の譲歩だ」

◆◇◆◇◆◇

「……親父殿は何を考えているのやら」

あれから私達は、傷を負っていた事もあり、駆け付けたエスターク公爵家の騎士達によって屋敷へと戻る事になった。

ヴァンはカルロスさんの決断である事。

今回の一件は自分の我儘《わがまま》が引き金となった可能性が高いからと表立って異を唱えるつもりはなかったようだが、やはり納得はいっていない様子だった。

「どうして、あの人を引き渡しちゃったんだろうね。あ、ヴァン。動いちゃだめだよ」

「……ぐ、ぃっ、てえ」

精霊術を用いて治療を行っていた私は、逃げようとするヴァンを注意する。

効きはいいのだが、傷に応じてしみたりと、治療に少なくない痛みを伴ってしまうのだが、こればかりは耐えて貰《もら》う他なかった。

最中、宙を浮遊するハクが口を開いた。

『あそこで引き渡しを拒めば、それこそ相手の思《おも》う壺《つぼ》だったからだろうね』

「思う壺？」

『動機は兎も角、あの状況なら引き渡す以外に選択肢はなかったってこと。あそこで拒絶していたら、次は更に怪しいからと騎士団の大半を引き連れてやってくるかもしれない。そう出来るだけの口実を与える事になる。だから、あの場では遺憾だろうと、引き渡しておいた方が色々丸くおさまったって訳。それに、首謀者らしきもう一人の人物は捕らえてあるしね』

一人奪われたところで別に大した問題ではないとハクは告げる。

「……成る程。だから親父殿はあっさりとあいつを引き渡したのか」

『そういう事』

そして、今はリディアさんに騎士団を動かした人物の詳細について、尋ねているのだろう。

きっと、私達が心配する事はもう何もない。

今はカルロスさんがいる上、ロヴレンさんもいるのだから。

ただ、

「ねえ、ヴァン」

「ん？」

「ごめんね」

安堵《あんど》出来たからこそ、今になって一気に申し訳ないという感情が押し寄せた。

「婚約の事も、そうだけど。さっきだって、そう。結局、私は何にも出来なかった」

こうして、治療するのが今できる最大限の罪滅ぼし。

そんな感情が私の頭の中を埋め尽くしている。

頭の中では、精霊術があれば何とかなる。

多分、そんな驕《おご》りがあったのだと思う。

でも結果はこれだ。

相手が悪かったという事もあるだろう。

だけど、あの場で私は間違いなく足手纏《あしでまと》いだった。

なのに。

「それは違うだろ」

当たり前の事のように。

気遣っていると一切感じさせないいつも通りのトーンでヴァンは言う。

「ノアがいなかったら、貴族達が全員無事ではあり得なかった。俺だって、どうなったか分からない。〝擬似固有結界《ディア・ガーデン》〟がなかったら、途中で味方かどうかも分からない騎士団の連中に介入されてもっと悲惨な事になってた可能性だってある」

「……だけど」

私が婚約の件でヴァンの手を煩わせていなかったら、こんな事にはならなかったのではないのかと言おうとして。

「そもそも、何でノアが謝る？　ノアは謝らなきゃいけないような事でもしたのか？」

「いや、そんな事はしてないけど」

「だったら、そんな顔をする必要ないだろ。もしノアを責める奴がいたら、俺がぶん殴ってやる」

「……流石にそれは物騒過ぎるよ」

「そのくらい、あり得ない事なんだよ。だから、気にするな。堂々としておけばいい。不安なら俺が何回でも言ってやる。ノアは、何も悪くなんてない」

沢山傷を負ってる筈なのに、そんなものは知らないと言わんばかりにあっけらかんと笑うヴァンを前にして、私は嬉《うれ》しく思うと同時に、後悔した。

もっと、まじめに精霊術を学んでいたらヴァンが傷つく事はなかったのではないか。

……でも、その後悔は最早、いまさらだ。

だから私は、傍にいる為にも。

ううん。傍に、いたいから。

「ねえ、ハク」

『うん？』

「私、もっと知りたい。もっと、強くなりたい。もっと、立派になりたい。ヴァンの隣にいられるくらい、もっと、もっと」

みんなの前で誓ったように、ヴァンと対等で、傍に居られる人間に。

これから先、またこんな事が起こった時に今度は自分の無力さに打ちひしがれないで済むようにと。

そう思いながら返事を待っていたその矢先だった。

「――――それならば、お誂《あつら》え向《む》きの方法がありますよ」

そんな声が、不意にドア越しに聞こえた。

聞き覚えがあった。

程なく開かれたドアの前には、私の頭に浮かんでいた心当たり――――ロヴレンさんがいた。

「本当はカルロスに言われて二人の様子を確認するだけのつもりで、この事を提案するのはもっと後にする予定だったのですがね」

「この事？　もっと後？　どういう事だ？」

「単刀直入に言いましょう。お二人とも、魔法学園に興味はおありですか？」

16話　レオン・アルバレス

魔法学園。

それは、ノーレッド王国の隣国にあたるディアナ王国に位置する世界有数の学舎《まなびや》。

魔法師の卵を育成する事を主としており、世界各国から貴族の子息子女が集う場所。

それが、魔法学園。

貴族として相応しい教養を身につける場としても知られており、交友関係を広げる目的も含めて、多くの貴族子息子女が入学する場所。

しかし、だからこそだろう。

ロヴレンさんから投げ掛けられたその言葉に、私はあからさまな渋面を浮かべ目を背けてしまう。

ただ何故か、私だけと思っていたその反応が一人だけではなかったようで、すぐ隣にいたヴァンまでもが気まずそうに目を逸らしていた。

『ノアは兎《と》も角《かく》、なんで君も目を逸らしてるのさ』

私の事情を事細かに知り尽くしているハクは、私の反応はさておいて、ヴァンまで不都合な言葉として認識した事に疑問を投げ掛ける。

「ヴァンくんは、休学中ですからね」

問いに答えたのはヴァンではなく、ロヴレンさんだった。

「休学？」

「……一応、これでも公爵家の後継ぎだからな。籍だけは置いてたんだよ。というか、置かされていた、が正解だな」

「あぁ、そういう」

丁度、私が目を背けた理由に関係していたこともあり、私は納得してしまう。

本来であれば、貴族子息子女の大半が魔法学園へと通う事になる。

それこそ、私のように家の恥になるから通わせないという実家の強い意志でも介入しない限り、ほぼ確実に。

見識や交友関係を広げる為。

また、魔法師としての技量を高める為にも、基本的に入学が推奨されているのだ。

だから、魔法の才に恵まれた人間ならば魔法学園に通っていても何一つとして不思議ではない。

けれども。

「……でも、どうして休学？　って、そんなことは分かりきってるか」

尋ねようとして。

しかし、ヴァンの性格からその理由はすぐに理解出来た。

恐らく、肌に合わないだとか。

面倒臭いからだとか。

つまらないだとか、そんな理由なのだろう。

元より、魔法の技量は勿論《もちろん》、所作も含めて学園で得られるその殆《ほとん》どをヴァンは既に得ている。交友に関しても、中立を貫くエスターク公爵家が何処その家や勢力へ不用意に肩入れするのは褒められたものではないから必要最低限の付き合いで十分と言われてしまえばカルロスさんはどうしようも出来ないはずだ。

事実、ヴァンは似た発言をしたのだろう。

私が頭の中に浮かべていた可能性を肯定するかのように、ヴァンは苦笑いをした。


……ただ、疑問が残る。

ロヴレンさんもこれまでの言い草からして、ヴァンと面識がない、という事はない筈《はず》だ。

だったら、ヴァンが休学している事は承知の上だろう。そして、彼の性格もまた。

そんなヴァンにも、魔法学園に興味はありますかと尋ねるロヴレンさんの意図が私には分からなかった。

「……魔法学園に興味がない。と言えば嘘《うそ》になりますけど、どうしてヴァンと私にそんな事を？」

アリスお姉様が通っているところを目《ま》の当《あ》たりにしていたから、興味はある。

殆ど魔法を扱えない私とは水と油な場所だろうが、それでも多少なりの好奇心があった。

ただ、自分の意志で魔法学園を後にしたであろうヴァンと、魔法と絶望的なまでに相性が悪い私に提案する事ではないと思う。

何かの間違いだと言って貰《もら》えた方が納得が出来る。

なのに、当人は私から指摘を受けて尚、表情一つ変える事はなかった。

寧ろ、私からの疑問が飛んでくる事を望んでいたかのような態度ですらあった。

「それが一番、都合が良いからですよ。打算的に考えるならば、それしか選択肢はないと言えるほどに」

……それは、どういう事だろうか。

「恐らく、今回の一件を踏まえて、カルロスは当分、自領から出ようとはしないでしょう。いえ、出ませんね。彼の性格を考えれば間違いなく」

己がいないタイミングを狙っての襲撃。

死傷者こそ出なかったものの、次もまたこの結果になるという保証は何処にもない。

原因解明は急務だろうが、それ以上に守りを固める必要がある。

相手の狙いが、ヴァンを含むエスターク公爵家であった事を考えれば尚更に。

そうなってくると、これまで通り王都で政争に関する対処を、という訳にもいかなくなってくるだろう。

「ですが、そうなれば相手の思《おも》う壺《つぼ》でしょう」

究極、エスターク公爵家の失脚を望んでいた連中からすれば、カルロスさんを王都から――政争から遠ざける事が出来れば最低限の目的は達せられたと言える。

相手の思うように事が運ぶことは癪《しゃく》であるし、私は勿論、ヴァンもそうなる事は望んでいない。

寧《むし》ろ、ここまで掻《か》き回《まわ》してくれた相手の鼻をどうにかして明かしてやりたいという気持ちの方が強い。

「故にこそ、この提案なのです」

「……成る程。理解した。学園を勧めた理由は、守る対象である俺達がエスターク公爵領《此処》にいなければ、親父《おやじ》殿はこれまでと変わらず王都で行動が可能だからか」

「……あぁ、そういう」

そういう事か。

ヴァンの言葉を耳にして、漸《ようや》くロヴレンさんの提案に納得がいった。

『でもそれって、襲われる場所が変わるだけじゃないの？』

ハクの呟《つぶや》きは尤《もっと》もだ。

対象であった私達が移動すれば、相手は移動先を襲撃すればいいだけの話。

しかし、こと魔法学園に限って言えばその道理にかなった発言は成立しなくなる。

「魔法学園は不干渉域だから国は勿論、個人であってもおいそれと手は出せないんだよ、ハク」

魔法学園の話は意識的に避けていたから、ハクに話す機会はなかっただけで、ある程度の知識を私は有していた。

「だから魔法学園なら多分、下手な場所よりずっと安全ではあるんだ」

『成る程ねぇ』

世界有数の魔法師の卵――を、育てられる技量を持った教師達。

国々に対して『不干渉域』を押し付けられる程の影響力を持った学園の長。

少なくとも、表立って襲われる事は殆どなくなるだろう。

魔法学園には各国の貴族の子息子女が通っている。

襲ってもみろ。

結果はどうあれ、世界全体が下手人の敵となる事は必至だ。

鉄格子に覆われた牢屋《ろうや》より、ある意味、魔法学園の生徒である方が余程、安全といえば安全であった。

「確かに、貴方《あなた》の提案は尤もだと思う。ロヴレン・マグノリア。魔法学園には帝国所縁《ゆかり》の人間もいる。最低限の安全は確保出来るだろう。親父殿も、これまで通り動く事が出来るだろう。世界有数の学舎に相応しい大図書館にて更なる魔法の知識や精霊術についての知識も得られるかもしれない。だが、俺は反対だ」

ヴァンがメリットを羅列する。

私達は私達で今回の背景について調べられるとしても。

カルロスさんにこれ以上迷惑を掛けないで済むように動けるとしても。

先程口からこぼれた『強くなりたい』という願いの成就に近付けるとしても。

だとしても、その上で認められないのだとヴァンは明確な言葉で拒絶した。

「……何故、とお聞きしても？」

「俺が学園に籍を置いているだけの状況になった理由を知らない貴方ではあるまい。答えはそれだ、ロヴレン・マグノリア。平等を語りながらも、貴族偏重の空気が染み込んだあの場所は、俺から見れば反吐《へど》が出る。そして、ノアの姉、アリス・アイルノーツが通っていた場所だ。そんな場所にノアが赴けば、間違いなくノアが苦しむ。俺はノアが苦しむ事を望んでいない。たとえ、先の一件の下手人をのさばらせる結果になるとしても、俺にとって優先すべき事柄はノアだ」

通っていた。と、あえて過去形にした理由は、あの状態のアリスお姉様が今後、これまでと変わらない生活を送る事が難しいと理解しての事だろう。

才女として知られるアリスお姉様が通っていたならば、その正反対に位置する私の事も知られていても可笑《おか》しくない。

貴族社会が反吐が出るほど染み込んでいるという事はつまり——そういう事なのだろう。

伊達《だて》に、パーティーでひとりぼっちだった訳じゃない。

そんな人間が、ヴァンの側にいたとしたら。

どうなるかなんてものは、火を見るより明らかだろう。

実家でそういう扱いをされていた私が、それは誰よりも理解している。

「勿論、エスターク公爵家の人間として今回の一件については解決に努めるつもりだ。政争についても、公爵家として最大限の貢献をする。その上で言おう。それでも、貴方の提案に俺は頷《うなず》けない」

ロヴレンさんの提案こそが、最善である事は理解できる。

そしてヴァンがその上で、こうして明確に拒絶する理由も、なんとなく分かる。

きっとそれは、

『……ヴァンがこう言わない限り、ノアが罪悪感から了承する。せざるを得ない。そういう性格をしてるって理解してるからだろうね』

……私にだけ聞こえる声量で、ハクが答えを口にする。

その通りだった。

ヴァンが声を上げなければ、カルロスさんに迷惑をかけた自分が恩返し出来る絶好の機会。

そんな事を思って二つ返事をしていた気がする。否、していただろう。

でも一つ、勘違いをしてる事がある。

了承するだろうと自分自身でも思った理由は、決してそれだけじゃない。

その事を、理解していたのだろう。

ロヴレンさんの視線が、私に向く。

視線は、ヴァンを説得してくれと縋《すが》るようなものではなかった。

貴女《あなた》はどうなのですかと、問うているかのようなものだった。

だから。

「私は、ロヴレンさんのお話を受けて良いと思いました。ううん、受けたいと思います」

「ノ、ア――？」

驚いた様子で、慌てて言葉を紡ごうとするヴァンの声を遮って、私は続ける。

「勿論、罪悪感だとか、そういったものは関係なしに」

まず、否定する。

そうしないと話す余地がなくなると思ったし、まともにヴァンに聞いて貰えないと思ったから。

「ヴァンの気遣いは素直に嬉《うれ》しかった。懸念は、尤もだと思います。ヴァンの言うように学園の空気は私に合ってないだろうし、そういう場所だから私のような落ちこぼれに居場所はないかもしれません。だからヴァンの言うように学園には通わずにこれまで通り必要以上に誰かと関わらないように生きた方がずっとマシで、幸せだと思います」

「なら」

「ただ、思うんです」

時間の経過と共に頭は随分と冷えた。

だから、冷静に考える事が出来る。

「私が一歩踏み出していたら、お姉様もあんな事にはならなかったんじゃないかって」

後悔があった。

きっとヴァンやハクは、私は悪くないと言ってくれるのだろう。

だけど、後悔があった。

もし、私が一歩踏み出して歩み寄ろうとしていたら。

ああして利用される事にならなかったのではないだろうか。

こうして、ヴァンに迷惑をかける結果にならなかったのではないだろうか。好意的な感情は殆ど持ってない。

あの結果は、ある意味お姉様の自業自得とも言える。けれど、あれでも私の姉なのだ。もっと、良い結果があったのではないだろうか。

「だから、やらずに後悔するより、やって後悔した方が良いのかなと……少しだけ思って」

そうしていたならば、この筆舌に尽くし難《がた》い痼《しこり》もなかったのではないか。

ふと、そう思ってしまう。

「それに、何も悪い事をしていない私が遠慮するのも可笑しな話だなと思うんですよね」

「遠慮？」

「実は私、魔法学園に通ってみたかったんです。これでも知識欲は人並みにあるので、大図書館には憧れてましたし、友達と一緒に学園生活ってのも送ってみたかった。でも、私の場合は家の縛りがあったので」

通う事自体が不可能だった。

家の縛りが殆どなくなった以上、その点に気を遣う必要はなくなっている。

「だから、本音を言うと通ってみたいなとずっと思ってまして。それに、先程も言ったように強くなりたい。立派になりたい。ヴァンの側で胸を張っていられるくらい。そうなる為には、きっと魔法学園が一番の近道。それで、その過程で、カルロスさん達のお手伝いが出来るのなら、万々歳なのかなって」

だからロヴレンさんの提案を受けたい。

その結論に至ったのだと告げると、もうヴァンからの否定の声は聞こえなくなっていた。

代わりに、ハクのため息混じりの声が一つ。

『言っておくけど、これは嘘なんかじゃないよ。学園についてノアから聞く機会は殆どなかったけど、これはノアの本音。僕が保証する』

「尤も、ヴァンが認めてくれれば、が前提なんですけどね」

私への気遣いだけならばまだしも、ヴァンが「嫌」と言った場合、私はそれに反対してまで学園に拘《こだわ》る気は更々なかった。

あくまでヴァンが認めてくれるなら。

そんな私の発言を聞いて、ヴァンは髪を掻き上げ掻きまぜる。

「……それで、ダメと言える訳がないだろ」

「ごめん。ずるい言い方しちゃって」

悪びれもせずに言うと、ため息を吐かれた。

「……相変わらず、お人好《ひとよ》し過ぎる」

吹かれる風に攫《さら》われそうな、消え入りそうな声で呟かれた声に対して、私は笑むだけに留めておいた。

だって、ヴァンも人のことを言えないくらいお人好しだから。

「――――という訳だ。ノアが問題ないなら、俺は構わない。好んで向かいたい場所ではないが、

「今回の一件があった以上、俺の感情は最悪、無視で問題ないからな」

そこらへんは、貴族家の人間としての割り切り、なのだろう。

もしくは、エスターク公爵家の人間としてのケジメなのかもしれない。

ともあれ。

「だから、教えて貰おうか。打算的に考えるならそれしかない、と言い切れるメリットを」

……そうだった。

ロヴレンさんはそこまでしかまだ言っていなかった。

あくまで私とヴァンが勝手に思考を巡らせてメリットを考えていただけ。

「ええ――と、言いたいところなのですが、最大のメリットは既にヴァンくんが口にしてしまっているのですがね」

話がまとまった事に笑みを浮かべるロヴレンさんだったが、苦笑いというか。

頰を掻きながら、気まずそうに口を開く。

……あれ。じゃあ、やっぱり最大のメリットって、カルロスさんが自由に動けて私達の安全が確保される事だったんだ――。

「今の魔法学園にはお察しの通り、帝国所縁の人間が通っていまして。名を、レオン・アルバレス。ご存知の通り、魔法学園は不干渉域。故に、我々も手の出しようがない。だから、あなた方にお願いしたいのです。帝国の、第三皇子である彼を通して、帝国について――を」

17話　青白い何かの噂《うわさ》

「ハロー。ハロー。久しぶりじゃん」

ロヴレンさんから魔法学園の話をされてから————十数日後。

あれから話は纏《まと》まり、魔法学園のあるディアナ王国へと向かう事になった私達は、妙に手際の良いロヴレンさんの取り計らいもあって、何事もなく辿《たど》り着《つ》いていた。

本来ならば先の一件を踏まえて厳重な警護を————という事だったのだが、真っ先にヴァンが拒絶したのだ。

その理由は、狙って下さいと言わんばかりに目立ってまで護衛をつける意味はあるのか。

だったら、ハクを含めた三人で静かに向かった方が余程いいだろう。

その指摘が決定打となり、最低限の従者だけ付《つ》けて貰《もら》って向かった私達だったのだが、ディアナ王国に到着するや否や、一人の青年と出会った。

制服————と言うには少しばかり浮いたデザインに身を包む紫髪の青年。

頭には見慣れないゴーグルがつけられており、何となく、メカニックのような雰囲気があった。

ただ、開口一番「久しぶり」と口にした目の前の青年を私は知らない。

間違いなく初対面であった。

ならば導き出される答えは一つ。

目の前の彼は、ヴァンの。

「まっさか、お前が学園に戻ってくるとは思わなかったよ、ヴァン。とはいえ、父上から事情は既に粗方聞き及んでる。そんな訳で、今回の一件にゃ、おれも力を貸してやるって話よ。まぁなに、大船に乗ったつもりでいてくれや。なにせ、おれは魔法学園始まって以来の――――」

そう思って傍にいたヴァンの様子を窺うと、僅かな感慨にすら耽《ふけ》った様子はなく、鼻高々にぺらぺら語る目の前の青年に対して、感情の変化は微塵《みじん》も見受けられない。

どころか、明らかに知らんぷりをしていた。

「ディアナは広い。お陰で色んな奴がいる。変な奴に絡まれる前に学園に急ごう、ノア」

「え？　あ、うん。え、と、その」

向こうはヴァンの事を知ってるようだったけど……というか、ばっちり名前を呼んでた。

なのに、こんなにも堂々と無視をしてしまっていいのだろうか。

いやでも、私にとっての実家のようにあまり触れられたくない事なのかもしれない。

だったらここは、私もヴァンに合わせるべきであって。

……でも声音は結構、ヴァンに対して好意的な気がするんだけど、本当に大丈夫なのだろうか。

「って、ちょ待ておぉいッ⁉　なぁに二人しておれを素通りしようとしてんのッ⁉　つぅか、二人とも事前に聞いてんだろ⁉　父上がお前らに案内を寄越すって話‼」

「あ」

やけくそに言い放たれる彼の言葉をそこまで聞いて漸《ようや》く、思い出した。

御者に扮《ふん》した人員を除いて、護衛をつけない事を押し通した代わりに、そういえばロヴレンさんから条件を出されてたんだった。

たし、か、

――――……わ、分かりました。ですが一人だけ、案内の人間を用意させて下さい。学園の中は安全ではありますが、ディアナが安全とは限りませんから。


護衛は必要ないと論理的に否定したヴァンに、辛うじてロヴレンさんが納得させていた過去の会話が不意に思い起こされる。

そう言えば、目の前の青年からは何処となくロヴレンさんの面影が感じられる。

ヴァンが分かるだろうからと特別、特徴等《など》の説明はされなかったが、恐らく彼が。

私の思考がそこまで追いついたところで、知らぬ存ぜぬではもう通せないと諦めたのだろう。

態《わざ》とらしい溜息《ためいき》を漏らしながら、ヴァンが立ち止まり、言葉を口にする。

「……こいつの名前は、リキ・マグノリア。マグノリア公爵家の次期当主にして、魔導具に倒錯した変人メカニック。そんでもって、俺の顔見知り、いや、違うな。こいつは……そう、親父殿の友人の息子Aだ」

「てめえ、今一瞬言い掛けた顔見知りより悪化させてんじゃねえよ!?」

なんというか、新鮮だった。

一方的にリキさんがヴァンに絡んでいるように見えるし、現実そうなんだろうけれどヴァンとリキさんの関係性はとても近いように思える。

限りなく、私とハクの間柄に近いような。

『随分と嬉《うれ》しそうだね』

「……そうかな？」

『うん。凄く』

どうにも、ハクにモロバレしてしまう程度には顔に出てしまっていたらしい。

この感情は……うん。自覚してる。

これは、私の他にもヴァンの良さを分かる人がいた事に対する嬉しさの感情だ。

微笑ましく思う――なんて事が言える立場でない事は、ろくに友達のいない私だからこそ理解してるけど、自分の感情には嘘《うそ》をつけない。

とはいっても、理由もなしに誰かを邪険に扱う事のないヴァンがあからさまに、あんな態度を見せている事には多少なり引っ掛かりを覚えた。

「……だが、お前の親父《おやじ》殿は何を考えているんだ？」

「どうしてだよ」

「一応、護衛と聞いていたんだが、お前は明らかに護衛向きの人間じゃないだろう」

――ロヴレン・マグノリアであるならばまだしも。

半眼で見詰めながら、ヴァンはそう言葉を付け加えた。

「ああ、そうだな。お前の知るおれのままだったなら、その感想が尤《もっと》もだ。だが、お前が成長してるように、おれもまた成長してる。そういう訳さ。とはいえ、おれがこうして迎えに出向いた理由はそれだけじゃないんだがな」

「それだけじゃない？」

そこで、初めてリキさんの視線がヴァンから外れて私に向いた。

「ああ、そうだ。助ける方法——というより、何かしらの手掛かりを求めてるんだろ？」

「……？」

どういう、事だろうか。

「あんたの、姉についてだよ。ノア・アイルノーツ」

指摘を受けて、ハッとする。

私の表情が、文字通り凍りついた。

……どうして、その事を知ってるのだろうか。

ヴァンだけにしかその事は打ち明けていないというのに。

「ある程度は手紙で既に知っている。ダークエルフによって、操られていた。そして良いように利用されて——今は、意識を失ったまま目覚めていない、と」

……私達がすぐにエスターク公爵領を発《た》ち、ディアナ王国へ向かわなかった理由が、今リキさんが口にした言葉に凝縮されている。

アリス・アイルノーツは、あの一件以来、意識を失っていた。

ハク曰《いわ》く、後遺症に近いらしいのだが、あの得体の知れない香炉を長時間保持した事、至近距離で香りを吸ってしまった事。

それらが影響しているのでは、との事だった。

ハクも詳しくは分からないらしい。

だから、お手上げ。

故に、解決する手掛かりとなるものは恐らく魔法学園にある〝大図書館〟にしかないだろうという結論に至っていた。

でも、助けると言ったらヴァン達から反対されると分かっていたから黙っていたというのに。

「だから、それも含めて〝大図書館〟に用がある事は聞いていたんだが、生憎《あいにく》今は、表向きは閉鎖中なんだよ」

「……閉鎖してるんですか?」

「慌てるな慌てるな。聞こえなかったか？　おれは表向きって言ったろ」

リキさんは、ポケットからじゃらりと鍵束のようなものをこれ見よがしに取り出す。

……積極的にお姉様を助けたいと思うほど、私も出来た人間じゃないし、お人好しでもない。

だけど、今回の一件はそもそも私がいなければ起こり得なかったのではないのか。

その小さな可能性があると知っているから、お姉様の自業自得だから放っておこうと上手く割り切れなかった。

だから、魔法学園に赴いた理由の一つには、お姉様の事もあった。

ピンポイントで暴露された事に対して、知らぬ存ぜぬを通そうかと考える私だったが、ヴァンは気にした様子もなく口を開いた。

「……成る程。お前が迎えの人員としてやって来た理由は、〝大図書館〟の鍵を持っているからか。まあ、無断で複製したものだろうが」

「あ、分かっちゃう？」

「〝大図書館〟の鍵を、一生徒が自由に持ち歩ける訳がないだろうが」

悪戯《いたずら》がバレた子供のように、悪びれもせずリキさんは笑っていたが、その最中に珍しくハクが感嘆の声を漏らしていた。

『……すごいね、彼。少なくとも、あの鍵は簡単に複製出来るような構造をしてないように僕には見えるんだけど』

「そう、なの？　私にはありきたりな鍵にしか見えないんだけど」

『少なくとも、僕が見る限り魔法的な仕掛けが三つは施されてる。かなり繊細で、複製なんてものはもっての外だと思う。あれがオリジナルじゃない事に僕としては違和感しかないよ』

コピー品と言われても未だに信じられないとハクが言う。

「そりゃそうでしょ。なんといっても、このおれが作ったんだから。魔導具の一族、マグノリアの人間を侮ってっと痛い目みるぜ？」

そして、その呟《つぶや》きに対して、当たり前のようにリキさんは返事をした。

「特にだな。おれの場合は微細に散らばった魔粒子の組み替えが専門であって――――」

……少し驚いたけれど、そうだった。

ロヴレンさんだって、ハクの存在に気付けていたのだ。

だったら、同じマグノリアの人間であるリキさんが気付けない道理はない。

「――――つまり、複製といった魔法及び、魔導具の投影については寧ろ、父上をおれは既に超えてるとも言える。なにせ、あの〝ビハド〟と呼ばれる魔導具をつくり出したのは他でもないおれで――――特にあれの魔対値一五〇を生み出すのにおれがどれだけ極要素を――――」

……ただ、ヴァンが倒錯しているというだけあって少しだけズレている気はする。

訳のわからない単語が飛び交っているせいで、全く以《もっ》て理解不能だが、私達が理解しているしていないに拘《かかわ》らずリキさんはまだまだ話を止めようとはしていなくて。

呆《あき》れたヴァンが、強引に会話を遮った。

「……そんなことより、閉鎖中ってのはどういう事だ。あまり長くは通っていなかったが、少なくとも俺がいる時は〝大図書館〟が閉鎖される、なんて話は聞いた事がなかったんだが」

「……ごほん。そりゃ、お前がいた頃は何もなかったからな。閉鎖の理由は単純にして明快だ。面倒事が起きやがったんだよ」

「面倒事、ですか」

「ああ。それはもうとんでもねえ面倒事でな。常に厳重な警備体制が敷かれていた〝大図書館〟が閉鎖される程の面倒事だ」

「で、その面倒事っていうのは」

「それはだなぁ……アレがな、出たんだよ」

「……アレ？」

何処か彼方へ視線をやりながら、リキさんは言う。まるでそれは、その現実を直視したくないと言っているようでもあった。

「〝大図書館〟の中で、複数の生徒が言ったんだ。『青白っぽい何かを見た』ってな。そして、その日を境に、一部の生徒が気を失った状態で発見される事も」

怪談でも語るかのように、それっぽい雰囲気をつくりながらリキさんは言う。

「人がいなくなり、静まり返った学園の中で、アレはよく見掛けられるらしい。実際、見たって生徒はもう数十人にものぼるんだぜ」

「……ぁ、アレってもしかして」

あまりその手の話が得意でない私だから、逆にすぐに答えに辿り着いた。

というより、静まり返った場所で、青白っぽい何かで、あからさまに作り出されたこの空気感。

それがもう答えを言っているようなものではないか。

「そう。そのもしかして、だ。そして、目撃したが最後。そいつは目撃者に取《と》り憑《つ》いて、生気を吸いやがるんだ。丁度、こんな風に幽霊がな――――!!」

「わぁぁぁぁあ！？！？」

「……ってのは嘘なんだが」

脅かすように、「うらめしや」のポーズで突然、リキさんが声を上げながら迫ってくるものだから反射的に驚いてしまう。

……こ、この人最低だ……。

「……歯ぁ食いしばれリキ」

「ちょ、まて。おいヴァン。お前何、魔法をおれにぶっ放そうとしてんの⁉　それ洒落《しゃれ》になんねえから‼　歯を食いしばってもしばらなくても冗談抜きでおれ死ぬから‼　悪い‼　悪かった‼　だからそれはやめろ⁉」

タチの悪い所業を前に、ヴァンがリキさんを懲らしめようとしていたが、流石にそれは不味《まず》いと理解してか、リキさんの謝罪を聞いてから収めていた。

「……ぜぇ、はぁ、ぜえ。危うく死ぬところだった……。ま、まあ、さっきのはおれが悪かった。でも、嘘とはいったが実際のところ、『絶対』に嘘とは言えねえんだこれが」

「そう、なんですか？」

私の中でのリキさんへの信用はほぼゼロ。

底辺を這《は》っている状態だ。

半眼で、本当かよと言わんばかりに訝《いぶか》しむ私だったが、今回は本当の事らしい。

「『青白っぽい』何かを見たってのは本当の事だし、意識を失った生徒がいるのも本当だ。そんでもって、最近じゃ失踪した生徒もいる」

だから、閉鎖されているのだと締めくくるリキさんの言葉に、私達は閉口した。

「正直なところ、それだけなら何も問題はなかった」

「まるで問題があるような言い草だな」

「ああ、ある。特大の爆弾があるぜ。それがなけりゃ、父上からの手紙にこうして頭を悩ませる必要は何もなかったってのに。だが現実、厄介な事になってな。問題なのは、その失踪者の中に、帝国第三皇子のレオン・アルバレスがいる事だ」

18話　おれはあいつの友達だから

私達の返事を待たず、取り出していた鍵をポケットに収めながらリキさんは先を歩く。

どうやら、歩きながら話すらしい。

歩調を合わせ、私達はその後をついて行く。

「――ただ、おれの主観と偏見と感情論で言葉を口にしていいんなら、エスターク公爵領で起こった先の一件に、レオン・アルバレスは無関係だ。間違っても、あいつはそんな事に関与するような性格をしていない。これは断言出来る」

冗談を言っているような様子ではなかった。

でも実際に、帝国軍人だろう人間に襲われた身としては、帝国の人間と聞くとどうしても顔を顰《しか》めてしまう。

その中でどうにか冷静に言葉を咀嚼《そしゃく》し、私は言葉を返した。

「……なら、別に問題はない気がするんですけど」

今回の政争の延長線上で関与していた帝国の人間。

それとは絶対に無関係と言い切れるならば、勿論《もちろん》、何も知らない私達が納得出来るかどうかはさておき、リキさんが特大の爆弾扱いする理由はないように思える。

なのに何故、あえてそんな物言いをしたのだろうか。

「ああ。問題はなかったぜ。おれが今も、殆《ほとん》ど状況を知らなかった状態であれば、未《ま》だその判断をしていただろうさ。だが、父上から共有された内容と照らし合わせると――いかんせん、臭すぎる。何より、時期が被り過ぎてる。偶然にしては出来過ぎてるだろ」

ディアナ王国に存在する魔法学園は、基本的に全寮制。

故に、頻繁に実家に帰るなどしていない人間の場合、外の情報に疎いのは仕方がない。

だが、ロヴレンさんから届けられた手紙の情報を知ってしまった今、本来の意見を覆さざるを得なくなった、と。

「……時期？」

「王都で〝精霊痕〟と呼ばれる痕跡が見つかった時期と、〝大図書館〟で『青白っぽい何か』を見たっていう噂《うわさ》が流れ始めた時期が、だよ」

そこで、合点《がてん》がいったとばかりにハクが息を漏らす。

続け様、成る程ねとリキさんの懸念を言葉に変えた。

『その青白い何かって奴が、〝精霊〟だと疑ってるんだね』

「冷静に考えりゃ、幽霊なんてもんが存在する訳はない。だが、噂がただの嘘《うそ》っぱちとは考えられない。となると、可能性は必然的に限られてくる。『青白い何か』は〝精霊〟なんじゃないかってな」

「……で、エスタークでの一件か。オマケに失踪者として姿を消しているとなると、確かに臭いな」

「だろ？」

これが全て偶然で、全くの無関係でした――とはとてもじゃないが、思《おも》い難《がた》い。

何かがあるのだろう。

「ねえ、ハク。そんな事って、あり得るの？」

ただ、私の中の常識に照らし合わせるならば、〝精霊〟が無闇矢鱈《むやみやたら》に姿を見せるとは考えられないし、そもそも普通の人間に〝精霊〟は目視出来ない筈《はず》だ。

ましてや、生気を吸い取るなど、私の知ってる〝精霊〟は間違ってもそんな事はしない。

『基本的に、〝普通〟の精霊にそんな事は出来ない』

普通、とあえて言ったという事は、普通でない〝精霊〟ならば出来るのだろう。

その考えが正しいと言うように、ハクは言葉を続ける。

『でも、〝闇精霊〟ならその限りじゃない。それを使役出来るダークエルフなら、可能性は十分あるよ。だけど、失踪にはどうやっても結びつかないと思う』

――多分、他の要素が絡み合っていて。それに、あえて目につく場所でやる意味が。

などと、ハクはぶつぶつと呟《つぶや》きながら自分の世界に入ってしまう。

リキさんの言う〝精霊〟の可能性があるからこそ、〝精霊〟のハクにとってこの一件は喉に刺さった小骨のように煩わしく思っているのかもしれない。

ひとまず、放っておいた方が良さそうだ。

「とはいえ、土台おかしな話だよな。なんで、うちの国の政争に帝国が絡んでるのか。そこが訳わからん。仮に傀儡《かいらい》にしたいなら、こうして目立つ理由は何処にもない。加えて、人間どころか、外界との交流を絶ってる筈のダークエルフまで何故いるのかも理解に苦しむ」

そう。それなのだ。

政争を利用し、次代の国王を傀儡にしたかったならば、もっとやりようがあった筈だ。

少なくとも、エスターク公爵家に足がつく人間を送り込む愚は何が何でも冒すべきではなかった。

だが、考え方を変えれば違った見方も出来る。

その程度の愚は、冒して構わなかったと考えればどうだろうか。

寧ろ、それは実のところ愚ではなく、本懐を遂げる為の大きな布石であったのだとすれば。

エスターク公爵家を排除するという、神輿《みこし》に担ぎ上げた王子の希望に添いつつ、政争に拘《こだわ》っているのだと強く印象付ける為の行為でもあったならば。

そして本当の目的は何処か別の場所にあるとしたら、腑《ふ》に落ちないだろうか。

……けれども、その場合、本当の目的というものが分からない。

唯一の手掛かりは、ダークエルフの協力を得ているという事。

かつ、何らかの理由で私達の祖国の政争に首を突っ込まなければならなかったという事。

流石に、私の考えすぎだろうか。

「……もしくは、もう多少目立ってしまっても問題のないところまで来ているのか、だな」

政争を隠《かく》れ蓑《みの》として使っている場合、その可能性だって浮上する。

ただ、私の本分はこういう頭で考える事ではないのもあって、心なし、ぷすぷすと頭から煙が出始めているような気にすらなってきた。

「手詰まりな状況だからこそ、おれらに出来る事といえばレオン・アルバレスを捜した上で、『青白い何か』が〝精霊〟であるかどうかを確かめる。くらいだろうなあ？　まあ正直、どこからどう見ても面倒な案件に首を突っ込むのは気が引けたんだが……、この一件にヴァンが絡んでると聞いてよ。父上からの頼みだけならばまだしも、お前にゃ個人的な借りがある。だから、手を貸してやるぜ」

……あれ。

なんで今、借りと口にした瞬間、リキさんは申し訳なさそうな表情を浮かべたのだろうか。

「……借り、ですか？」

「色々あんのよ。おれらにはさ」

一瞬だけだったから、私の見間違いだったのかもしれない。

問い掛ける私の言葉に、「なっ」と同調を求めるようにヴァンへ悪戯っぽく笑うリキさんの顔からは先程のような表情は既に霧散しており、一切見受けられなかった。

ヴァンも特別気にした様子はない。

「そんな訳で、早速調査といこうぜ。勿論、あんたの姉の呪いの手掛かりも含めて、な。丁度、凄《すご》腕《うで》の魔法使いに、精霊術師もいる。んで、鍵も此処《ここ》にある。これ以上なくお誂《あつら》え向きだろ？」

◆◇◆◇◆◇

「……にしても、随分と人が少ないんですね」

世界に誇る学舎《まなびや》である魔法学園。

その敷地《しきち》の中にある〝大図書館〟。

辿《たど》り着《つ》くまでに随分と歩いたが、見かけた生徒は両手で事足りる程。

教員と思《おぼ》しき人も何人か見かけたが、敷地の広さを考えれば殆ど無人に等しい。

「今は休校中なんだ。流石に、何人も失踪ってなると魔法学園も対策を練るさ。教員の殆どはそのせいで駆り出されてる。一部の生徒も同様にって感じかな」

随分と改造を施されているせいで分かりづらいが、リキさんが今着ている服は制服であるらしい。

白と赤が基調となった制服。

しかし、学園の敷地内で見かけた生徒の服の色は白と青が基調だった。

もしかすると、色で学年を分けているのかもしれない。

そんな事を考えているうちに、リキさんは裏口らしき場所にある荘厳な扉に鍵を差し込みカチャカチャと動かしつつ、複雑な魔法陣を複数浮かべる事数分。

カチッ、と解錠される音が響いた。

「よっしゃ。ったく手こずらせやがってよ。漸く開いたぜ」

「……泥棒もびっくりの手際の良さだな。普通、この手の解錠は数時間かかると聞いたが」

「いいだろ？　コレ。羨ましがってもあげねーけどな」

何やら、ツールのようなものをリキさんはこれ見よがしに見せつける。

円形のそれは、私には魔導具らしき何かとしか認識出来ないが、解錠に役立つものらしい。

やがて押し開けられる裏口らしくない立派な扉。直後、視界に広がる大きな吹き抜け。

立ち並ぶ本棚。本。本。本。

見渡す限り、本に埋め尽くされたその空間に、思わず私は圧倒される。

私がそんな反応をする中、リキさんは口を開いた。

「ヴァン。お前、一応、入り口に魔法を掛けといてくれ。誰かが来たら察知出来るやつ。知っての通り、おれに魔法の才はねえから」

たしかに、無断で立ち入っている以上、バレるわけにはいかない。

そもそも、入学予定とはいえ今の私は部外者だ。リキさんが「大丈夫、大丈夫」と言っていたけども、恐らく……というより絶対、正式な手続きを踏む前に立ち入っていい訳がない。

でも、ヴァン曰《いわ》く休校中なので正式な手続きを踏むとすれば随分後になるだろうとのこと。

そういった訳で、私は言われるがままにやって来ていた。なので、小細工は必須だろう。

ただ、私も魔法については詳しくないし、才能もない。

そんな訳で手伝うよ――――とは、言うに言えなかった。

「その間、おれは先にこの子を案内しとく。呪い関連ならＣ１辺りだろ」

「え。あ、いや、別に急いではないのでヴァンが終わってからみんなで」

一緒に向かいませんか。

そう言おうとした私の言葉を、何故かリキさんが遮った。

Ｃ１とは恐らく、場所を示した言葉なのだろうが、特別急いではいないと告げると、なぜか気まずそうにリキさんは頬を二、三回搔《か》いた。

「あぁ。その、ちょっとあんたに手伝って欲しい事もあるというか。それがちょいと急ぎの用でさ。そんな訳で、付き合って貰《もら》えるとおれとしては物凄く嬉《うれ》しいんだけど」

若干歯切れが悪かった。

要するに、呪いについての本の場所への案内ついでに、リキさんはリキさんで用事があるのだろう。それも、私が必要な用事。

もしくは、ヴァンが一緒にいない方が都合がいい、何かが。

言葉の意図をいち早く察したヴァンが私達に背を向けて歩き出す。

「……分かった。そういう事なら、すぐに追いつくから先に行っててくれ」

「助かる」

……もしかして、ロヴレンさんから何か伝言でも預かっているのだろうか。

私の事か。もしくは、ヴァンについてか。

はたまた、〝精霊〟についてか。

その場合下手をすれば——。

などと私なりに考えを巡らせる中、ヴァンの足音がある程度離れたところで言葉がやってくる。

身構える私だったが、それは私の中の緊迫した様子を鼻で笑うかのようなへらりとした口調で、あまりに端的な発言だった。

「あいつ————ヴァンってさ、すんげえ奴だよな」

数歩ほど先へ歩き出したと思ったら、肩越しに振り返りながらリキさんはそんな事を言う。

あまりに拍子抜けな言葉で、私に全く関係のないものだったせいで、思わずキョトンとしてしまう。

身構えていた分、頭の中が真っ白になって思うように返事すら出来なかった。

「そんでもって、クソ真面目で、クソ優しくて。だからまぁ、申し訳ねぇ事したなってずっと気掛かりだったんだよな。そんな訳でさ。ありがとうな、ノア・アイルノーツさん」

ありがとうと言われる事をした覚えがなかった私は、その言葉を前に不自然なまでに目を瞬《まばた》かせてしまう。

「それと————さっきは〝借り〟って表現しちまったけどさ、本当のところは〝罪悪感〟みたいなもんなんだわ」

〝大図書館〟に来る前に、リキさんが口にしていた言葉。

私が首を傾《かし》げていた事を覚えていたのだろう。

しかし、何故それを今語るのか。

その点については理解不能だったけど、不思議と指摘をする気にはなれなかった。

「……罪悪感、ですか」

「便利だよな？　〝天才〟って言葉はさ」

自虐めいた様子で告げられたその言葉で、リキさんが何を言いたいのかが分かったような気がした。

同時に、どうしてあの時、申し訳なさそうな表情を浮かべていたのか、も。

続け様、歩きながら私達は言葉を交わす。

そんな彼の言葉に、ハクは無言を貫いていた。

「……もう知ってるとは思うが、おれの父上とヴァンの父上は、所謂《いわゆる》幼《おさな》馴染《なじみ》って奴でね。随分と仲が良いんだ」

長く見てきた訳でもない私の目にすら、あの二人の関係性は単なる貴族同士というより、気の置けない友人のように見えた。

口にされる言葉一つ一つには、良い意味で遠慮はなかったし、きっとそうなんだろうなと思っていた。

「だから、幼い頃からおれとヴァンも顔を突き合わせたりする機会がそれなりにあった。父親同士が仲が良いからな。爵位も同じで、良き友人になってくれたら。そんな理由で度々引き合わせていたんだろうぜ」

直接聞いた訳じゃないから絶対とは言えねえけど。と、苦笑いと一緒に付け加えられる。

「ただまあ、父上達の想いとは裏腹に、他でもないおれのせいでそんな事は無理だったんだがな」

「どうして？」

「おれは、あいつらみてえに天才じゃなかったからだよ」

「………」

「おれは稀代《きたい》の天才と謳《うた》われる魔導具師ロヴレン・マグノリアでもなければ、魔法師の名門エスターク公爵家の歴代の中でも特に飛び抜けた才を持ったカルロス・エスタークでもない。ましてや、その血を色濃く受け継いだヴァン《天才》でもなかった。平々凡々なおれは、劣等感の塊だった。勿論、それが悪いとは言わねえ。ただ、凡人と天才は、間違っても対等じゃねえ。対等には、なれねえ」

どれだけ取り繕ったとしても、その違いはどうしても露見してしまう。

どうやっても、埋められない。隠し切れない。

「分かるだろ。あんたも、〝落ちこぼれ〟だなんて呼ばれてた人間だ。ヴァンほどじゃないにせよ、アリス・アイルノーツは紛れもなく天才だった。そんな奴を間近に見てきたんだから」

……よく、分かる。

そして、世間はそれを踏まえ、天才のヴァンとして見るようになる。

そうとしか、見なくなる。

その存在意義は、婚約相手としての価値であり、自分の価値を高めるアクセサリーのようなものであり、御家の発展の為の駒。

心を許せる人間は——一人として存在しない。誰もがその色眼鏡で見るから。

同じ境遇であったカルロスさんには、ロヴレンさんがいて。

ロヴレンさんには、カルロスさんがいた。

でも、ヴァンには誰もいなかった。

勿論、それを苦に思わない人間もいる。

楽しめる人間もいる。

でも、だけど、私が思うにヴァンは違った。

ヴァンは、私がハクの存在に救われたように、対等な存在を欲していた側の人間だった。

だから、学園を去った理由はよくわかる。

関わっても苦にしかならない。

だったら、一人の方がよっぽどマシ。

そんな考えに落ち着いた人間に、学園など不要でしかないだろう。

「〝天才〟だなんて言葉をつけて、仲間外れにして欲しくねえ。対等でいられる存在が欲しかった。同じ天才じゃなくてもいい。ヴァン・エスタークをただの一人の人間として見て欲しい。そんな、友達が欲しかった。そう思ってる奴に、おれはあろう事か、一番言っちゃいけねえ言葉を言った。突き放したんだよ、おれは。あの中で唯一、ヴァンの友達と言えた筈のおれが」

具体的な発言の内容は聞こえてこない。

だけれど、ここまで説明されたお陰で、リキさんが何故ヴァンに対して申し訳なさそうな態度を取るのか。その理由が分かった。

「その事に気が付いたのは、もうどうにもならなくなった時だった。でも。でも、だからもう『仕方がない』って割り切っちまうのは何というかさ――――ダサいだろ？」

笑う。

ずっとあった軽薄さはなりを潜めて、快活に、屈託のない笑みをリキさんが浮かべた。

「だから、凡人は凡人なりに努力してみる事にした。歯ぁ食いしばって、必死に、頭ぶっ壊れるくれえ、努力してみる事にした。せめて、天才なんだって騙《かた》れるくれえには、追いついてみようってな。それが、罪滅ぼしで、あいつの友達としてやれる事だと思ったから」

そこで、リキさんは私を見た。

「でも、その必要はなかったみたいだが」

責めるような眼差しではなかった。

むしろ、嬉しさに似た感情が宿っていた。

「あんたがいてくれて良かったよ。だから、ありがとうなのさ。悪いね。先に、これを伝えたかったんだ。流石にヴァンに聞かれる訳にもいかねえからさ。恥ずかしいからな」

『……不器用、なんだね』

「んなわけあるか。おれは、リキ・マグノリアだぞ。この天才が不器用なわけがあるか」

「それもそうですね」

「空気の読める奴は好きだぜ。丁度、あんたみたいな人はよ」

〝天才〟という仮面を被って、リキさんは満足そうに笑った。

でも、本当にリキさんが凡人であるのかについては疑わしいけれども。

やがて辿り着いた先。

Ｃ１と呼ばれていた場所は、やや埃《ほこり》にまみれたところであった。

そして何より――薄暗い。

まさしく、幽霊が出てもおかしくないような雰囲気が漂っていた。

「呪い関連の本なんて、殆ど眉唾だし、そもそも見ようとする人も物好きな奴くらいだ。だから、埃まみれなのは仕方ないと言えば仕方がないんだよな」

手近にあった本を、リキさんが取り出す。

埃を払い、中身の確認を始めた。

「取り敢えず、手分けをして探すか。それじゃあ、あんたはあっちの――」

「そういう事でしたら、私はこっちを探しますので！」

そう言ってリキさんが指差した方向は、さらに薄暗い場所だった。

そんな訳で私は遮るように声を上げる。

「……そういや、脅かした時も驚いてたし、もしかしなくても幽霊とか苦手な人？　幽霊っぽいもの連れてるのに？」

『……僕と幽霊を一緒にしないで貰おうか』

ハクがお怒りだった。

それはもう物凄い目力で、発言者のリキさんが「ぉ、おぉう」と怯《ひる》むくらいに。

「そもそも、幽霊なんている訳ねえよ。どうせ、なんかの見間違いとかが関の山だろ。面白おかしく噂が広まってるだけだっての」

だから、怖がるだけ無駄なのだと語られる。

「そんな訳でだな――」

しかし、それらの言葉は丸ごと全部、意味のないものと化す事となった。

理由は単純にして明快。

「……って。なんだ。二人して、見ちゃいけねえもんでも見たみてえな顔して」

私やハクと向かい合っているリキさんの、丁度、背後にあたる場所。

私の見間違いでなければ――いた。

本来なら見えちゃいけないものがいたのだ。

「い、いるんです」

「いる？」

ゆらゆらと鬼火のようにゆらめく青白いソレが私の視界に映りこんでいた。

私の見間違いか、勘違いかなと一瞬、現実逃避を起こしてみたけどハクも彫刻のように突如として固まってしまったのでこれは勘違いじゃないのだろう。

一刻も早くここから逃げなければという気持ちがあるのに、石像のように固まってしまった足が思うように動かない。

いやいやいや。

そんなまさか。

これは……そう。精霊術師にだけ見える目の錯覚だ。精霊の悪戯か何か。

もしくは、白昼夢とか。

兎《と》に角《かく》、これは私とハクだけが見えてる幻覚か何かなのだと思い込みながら指を差してみる。

従うように、リキさんが肩越しに振り返りながら背後を確認して――――「おおう」と、友達に出くわしたくらいの調子で答えを口にした。

それはもう、一切の遠慮も躊躇《ためら》いもなく。

「あれ、噂の幽霊じゃね？」

19話　帝国の思惑と放蕩《ほうとう》王子

「――――それで」

ところ変わって、エスターク公爵領。

公爵邸にて。

冷たい石造りの地下室。

一切の光が差し込まないその場所に、人影が三つ存在していた。

一つは、動けないよう身体《からだ》を鉄鎖で固定された〝闇夜の住人《ダークエルフ》〟と呼ばれる少年。

もう一つは、公爵邸の所有者であるカルロス・エスターク。

そしてその友であるロヴレン・マグノリアであった。

「どうして、ダークエルフが帝国に手を貸しているのか。洗いざらい吐いて貰《もら》おうか」

王国騎士団副団長であるリディア・シサックが滞在していた関係で、カルロスは目の前のダークエルフから情報を引き出す事が出来なかった。

他でもない、彼の存在を秘匿する為に。

漸《ようや》く、リディアを含めた騎士団連中がエスターク公爵領を後にした事で、こうして牢《ろう》に閉じ込めていた彼から話を聞く事が出来ていた。

『……話すとでも？』

挑発的な瞳は、仮に拷問を行ったところで何も話す気はないのだと言葉以上に告げていた。

「別に、事細かに話して貰えるなんて楽観視はしてねえよ。だが、これで確信出来た。少なくともお前達は、帝国に首輪を付けられてる訳じゃねえ。ヴァンの言う通り、差し出された対価に応じているだけなんだろうさ」

――――とある人間から対価を差し出され、その対価に見合った見返りを此方《こちら》も渡した。これはただ、それだけの話。

それは、ダークエルフの少年がヴァンに向けて告げていた言葉。

半信半疑であったが、これでその言葉が真実であるのだと確信した。

「そして、その対価として提示されたものは恐らく」

躊躇《ためら》いなく「自爆」という選択肢を選んでいた事もあり、カルロスにはこの確認が必要であったのだ。

あの自爆は、帝国への義理立てのようなものなのか。はたまた、別の理由があってのものなのかを。

絞り込めてしまえば後は簡単だ。

外界との関わりを閉ざしていたダークエルフが、あえて帝国の手を取る理由。

普通に考えれば、そんな事はあり得ないと言えるだけあって選択肢は容易に絞り込める。

尤《もっと》も、数百年という単位で引き籠もっていたダークエルフに関する知識を持ち得た〝変人〟という前提が必要となるのだが。

ダークエルフが手を貸しそうな条件。

きっとそれは、

「――――〝聖遺物〟、じゃありませんか？」

ロヴレンさんの声が朗々と響き渡る。

同時、目の錯覚と疑う程の一瞬だが、ぴくりとダークエルフの少年の耳が動いた。

やがて、その動揺は隠し切れないものとなる。

冷えた石床に落とされていたダークエルフの視線が持ち上がる。その瞳は、何故それを知っているのだと信じられない様子だった。


「うちの王子様は、放蕩者で有名で、王位継承の政争から真っ先に身を引いた人間です。しかも、理由は『面倒臭いから』ってことで」

面白おかしそうに笑いながらロヴレンは言う。

普通の感性を持っていたならば、間違ってもそんな答えに辿《たど》り着《つ》きはしない。

一国の王になれるかもしれない可能性を、当たり前のようにドブに捨てる人間の神経を誰もが疑う事だろう。

そして、そんな事をしでかすラバン・ノーレッドは、世間から見れば泥舟でしかないだろう。

しかし、そんな泥舟にロヴレンは――――マグノリア公爵家は肩入れをしている。

それは決して、酔狂でも脅されているからでもない。

ロヴレンが、ある種の化物とも言える知識欲の塊故に放蕩者と揶揄《やゆ》される事となったラバンの頭脳に惚《ほ》れ込《こ》んだが故に。

そんな彼が、他の誰かの思惑で殺されて欲しくなかったから、だから、後ろ盾になると手を挙げた。

何より、魔導具の一族である職人のロヴレンと、ラバンの相性は面白いくらいに良かった。

「ただ、うちの王子様の本質はそこじゃない。あの方の本質は、恐ろしい程の知識欲の権化である事。その膨大な知識によって裏打ちされた勘は、決して侮れない。まぁ、本人が昼行灯《ひるあんどん》な態度を貫いてるせいで多方面から勘違いをされていますがね」

だから、〝聖遺物〟と呼ばれる骨董品《こっとうひん》にいとも容易《たやす》くロヴレンは辿り着いていた。

〝聖遺物〟とは、数百年近く前に存在した、聖者と呼ばれていた人間の遺物。

故に、〝聖遺物〟。

今では経た年月があまりに長過ぎて、広く認知こそされていないが、世界の何処かに幾つも現存しているらしい。

そして、ダークエルフはその〝聖遺物〟と縁のある種族であった。

「きっと、提示されたのでしょう。手を貸す代わりに、〝聖遺物〟を譲る、などと」

『確かに、そうだよ。でも、ぼくらが手を貸してる理由はそれだけじゃないね』

であるならば、辻褄《つじつま》が合う。

そう、思っていた矢先に否定の言葉が一つ。

やがて、くふふ、と嚙《か》み締《し》めるような嘲笑が響いた。

鉄鎖に拘束されながらも、ダークエルフの少年は腹を揺する。

『……〝聖遺物〟の存在を知っている事は驚いたし、帝国の人間から実際にそういう条件を提示された。でも、ぼくらは断った。その程度の条件じゃ、ぼくらは動かないよ』

ロヴレンの眉間に皺《しわ》が刻まれる。

その言葉は、こちらを困惑させる為の嘘《うそ》なのではないか。

一瞬浮かんだ可能性。

しかし、

『少なくとも、もっと魅力的な提案じゃなきゃ手を貸してはやれないね』

そこで、ロヴレンとダークエルフの少年の会話の聞き手に回っていたカルロスの脳裏に、ある人物の言葉が思い浮かぶ。

それは、つい先日まで公爵邸に滞在していた一人の騎士の言葉。

狙ったようなタイミングで帝国軍人の男を回収にやってきたリディア・シサックの発言だった。

――立場上、あまり言えないが、気を付けた方がいい。カルロス・エスターク卿《きょう》。

政争を含めた今回の一件の黒幕の息が掛かっているであろうリディアの言葉故に、カルロスは軽視していた。

特に、騎士である彼女は上からの命令に逆らうどころか、不利に働く発言すらも出来ない。

それが、騎士道であるから。

ただ、尚更《なおさら》……と思っていた彼に、「立場上」と信用されない事を理解した上でリディアが話し掛けてきた事もあって、この事だけはよく覚えていた。

――今回の一件は、ただの政争じゃない。下手をすれば国ごと滅ぶ可能性があると考えている。だから、信じるか信じないかは貴方《あなた》次第ではあるが、伝えておきたい事がある。これに直接関係しているかは分からないが、ここ数日の間に、第二王子によって宝物庫から物が持ち出されている。

城に存在する宝物庫は、基本的に王族しか立ち入る事を許されていない。

だから、犯人の特定はすぐに行われた。

だが、何故宝物庫から物を取り出したのか。

その物とは一体何であるのか。

――持ち出されたものは、宝物庫の品としてあまりに不似合いな古びた鍵だったそうだ。

疑問に苛まれるカルロスに、リディアはそう告げた。

万能な魔導具ではなく、王家に代々伝わるものでもない。

何故、煌びやかな宝剣などではなく古びた鍵を持ち出したのか。

そもそも、それにはどういう秘密があるのか。

不思議と、その話がカルロスにはここに繋《つな》がるような気がしたのだ。

――私は昔、同行者として宝物庫に立ち入ったことがある。宝物庫にあるまじき古びた鍵であったが故に、記憶に残っている。そして、あれに刻まれた紋様も。私の記憶が正しければあの鍵は――――。

「……〝大図書館〟」

――――ディアナ王国に存在する魔法学園。

そこに位置する〝大図書館〟に刻まれた紋様と同じものだった。


ぽつり。

リディアの発言をなぞりながら口にしたカルロスの言葉に、ダークエルフの少年は二度目となる驚愕《きょうがく》の表情を浮かべた。

「……確か、ダークエルフは『魔女』と因縁があった筈《はず》だな」

知識欲の塊であるラバン・ノーレッドとは、カルロスも接点があった。

というのも、中立を保つエスターク公爵家は基本的にどこの派閥にも肩入れをしない。

しかし、早々に王位継承権を放棄したラバンは、その限りではなかった。

何より、幼馴染《おさななじみ》の関係にあるロヴレンに付《つ》き纏《まと》う変わり者の王子という事もあって、顔を合わせる機会が自然と多くなっていた。

その過程で、色々と付き合わされる事が多かった。たとえば、知識の披露などに。

それもあって、カルロスもすぐに辿り着いた。

ダークエルフに縁のある場所の存在。

『魔女』と呼ばれ怖《おそ》れられる魔法学園創設者にして、現学園長。

彼らと魔女には、浅からぬ因縁があった。

特に、ラバンの話が本当ならば、ダークエルフが外界との関係を断ち切った——引き籠もらざるを得ない理由をつくり出した存在こそが、『魔女』ではなかったか。

「……そして、ディアナ王国とノーレッド王国《うち》は数百年と続く友好国だ。魔法学園をディアナ王国に作った理由も、側にノーレッドがあったから、なんて話も聞く」

ぽつりぽつりと、カルロスは己の知る事実を垂れ流す。

口にすればするほど、何かが繋がってくるような気がしたのだろう。

「いや、確か、魔法学園は本来、魔法師の育成とは別の目的で創設されたものだった……なんて殿下が言っていたな」

そうだ。

得意気にラバンはいつだったか、言っていた。魔法学園を創設した理由の一つに、次世代の魔法師を育てる事は含まれていた。

しかし、本来の目的は異なっている。

魔法学園という看板を掲げてこそいるが、本来の目的は確か――――。

「魔法学園とはそもそも、大きな箱である。殿下はそう言って」

カルロスの発言に割り込んだロヴレンの言葉が、そこで止まる。

当時はその言葉の意味が全く理解出来ていなかった。しかし、ふと思う。

箱とはそもそも、何かを仕舞う為のもの。

という事はつまり、魔法学園を箱に見立てたならば本来の用途は何かを仕舞う為ではないのか。

では、何を仕舞っているのか。

何を隠しているのか。

答えは単純にして明快だ。

「――――……〝聖遺物〟、ですか？」

今度は、声音は乾いていた。

隠すということは、相応の理由がある筈だ。

たとえば、人の手に負えない代物であった、など。

だが、〝聖遺物〟とは本来、骨董品のような魔導具という認識に落ち着くものだ。

そして、目の前のダークエルフの少年は一度は否定した。

けれど、〝聖遺物〟が関係していないとの否定は一度としてしていない。

つまり、全く無関係という訳ではない。

しかし〝聖遺物〟が魔法学園にあるならば何故、帝国はノーレッド王国の政争に絡んでいたのか。

簡単な話だった。

ここで、リディア・シサックの話と繋がる。

〝大図書館〟には『魔女』と呼ばれる学園長ですら手に負えない〝聖遺物〟が封じられており、その封印を解く鍵が王族にしか立ち入れない宝物庫に納められていたとすれば――――。

数百年の間友好国であったノーレッド王家にそれが託されていても、何ら不思議な話ではない。

そして、『魔女』と因縁のあるダークエルフは、その〝聖遺物〟を奪取した上で何かしらの事をディアナ王国で起こそうとしているのではないか。

否、「ではないか」じゃなく、「起こそうとしている」のだろう。

思考がここに至った瞬間、カルロスは最早衝動的と言っていい程に容赦なく手を伸ばし、ダークエルフの少年の胸ぐらを掴《つか》み上げた。

じゃらり、と鉄鎖が擦れる音が閑散とした地下室に響く。

「……てめえら、一体何をしようとしてる。〝大図書館〟に封じられた〝聖遺物〟を使って何をする気だ。そもそも、あそこには何の〝聖遺物〟がある」

胸ぐらを掴まれたまま、ダークエルフは見た目相応な少年らしい笑顔で微笑む。

視線だけで射殺してしまうのではと思わせるカルロスの圧に屈する様子もない。

寧ろ、この状況が面白おかしくて堪らないと言わんばかりの表情だった。

『キミ達が考えてる通りだよ。あそこには〝聖遺物〟が眠ってる。それも、「魔女」でさえも手に負えないものが。彼らは提示したんだ。ぼくらに代わって、「魔女」を始末すると。だからぼくらは応じた。ならば、手を貸してやると』

少なくとも厄介極まりない〝聖遺物〟である事は間違いない。

それは、下手をすれば一国を焦土と化す威力を有したものである可能性もある。

であるならば、王になる可能性だけがある王子を傀儡《かいらい》にするよりずっと魅力的だろう。

鍵を得る為だけに使い潰してもお釣りが来る。その〝聖遺物〟で国を支配すればいいのだから。

ダークエルフの少年がここまで話したという事は、既にどうしようもないところまで来ているのだろう。

エスターク公爵家を襲った理由も、万が一を考え、カルロスに邪魔をされないようにする為と考えれば辻褄が合う。

「……不幸中の幸いは、ヴァン達を向かわせておいたって事か？　いや、ここでは不幸って言うべきか？」

だが、時間稼ぎのようにエスターク公爵家に滞在したリディアの行動理由が分からない。

邪魔をする目的であったならば、宝物庫の件を口にする理由はない。

王家直属の騎士団副団長である彼女の行動は、矛盾を孕《はら》んでいる――どちらが本心だ。

そこまで考えたところで、一つの可能性が浮上した。

言葉選びに彼女が殊更に気を付けていた事がヒントだったのだ。

もし仮に、帝国の人間を招き入れた第二王子が何らかの形で人質のようになっているならば。

その場合、リディアは従わざるを得ない。

何より、あの時目にした彼女の部下の多くをカルロスは見た事もなかった。

こんな有事において、団員を入れ替えるなど正気の沙汰ではない。

ならば。

ならばならばならばならば。

「……ロヴレン。オレ達は今から王都に戻る」

「カルロス？」

話の流れを汲《く》むならば、ここは何が何でも〝大図書館〟のある魔法学園に向かうべきだ。

しかし、王都に戻ると口にするカルロスの考えをロヴレンは理解出来なかった。

「第二王子が危険な状況にある可能性が高い」

如何《いか》に与《くみ》していない派閥の頭だろうと、ロヴレンとカルロスはノーレッドの貴族。

どれだけ愚図であろうと見殺しにするという選択は出来ない。

「……それは分かるけど、でもそれだとヴァン君達が」

「あっちは、まだどうにかなる」

心配である事に変わりはない。

だが、彼らの能力に信を置いている以上に後回しに出来るだけの理由がもう一つあった。

「〝聖遺物〟は、ふざけた力を有しているが、その力を好き勝手に使える訳じゃねえ。殿下はそう言ってた筈だ」

代償なしに大きな力を使える程、この世は甘くない。

特に、強大な〝聖遺物〟になればなるほど、相応の〝何か〟が求められる。

たとえばそれは、膨大な魔力であるだとか。

「……確かに、そういえばそうでしたね」

ならばまだ、時間はあると考えていい。

何より、ヴァン達がいる。

事態を理解すれば時間稼ぎもしてくれる筈だ。

「たく、ただの政争の筈がどうしてこんなにも面倒臭え事になるかね」

ダークエルフの少年の胸ぐらを、苛立《いらだ》ちに任せるように乱暴に放し、踵《きびす》を返す。

「無駄だとは思うが、ヴァン達に連絡を取って貰えるか」

ロヴレンの持つ魔導具さえあれば、彼の息子であるリキに連絡が取れる筈。

しかし、カルロスの考えとは裏腹に、ロヴレンは首を横に振る。

「……〝魔法学園〟は『魔女』のテリトリーですよ。魔導具での通信も、律儀に遮断されてます」

「……そうだった」

乱暴に、がりがりと髪を掻《か》きむしる。

どうにかして伝える方法はないか。

そんな事を考えていたカルロス達の下に、急報が届いた。

それは、地下には誰も入れるなと言いつけておいたカルロスの命に背いてまで即座に伝えなければならない内容であった。

「――ごっ、御当主様ッ」

駆け付けてきた使用人に、視線が集まる。

その手には、封蝋《ふうろう》付きの手紙が握られていた。

「先程、こ、これが届きまして」

その封蝋には見覚えがあった。

第三王子が好んで使う風変わりなもの。

カルロスとロヴレンの頭に嫌な予感が過ぎった。

半ばぶんどるようにその手紙を受け取り、乱暴に中身を確認。

するとそこには、簡潔に一行。

場をこれ以上なく掻き乱す一文が記載されていた。

――ちょいと〝魔法学園〟に行ってくる。

ここで、カルロスに同行しろとロヴレンに告げていた第三王子の真の思惑が明らかになった。

カルロスの危機を察していたから同行させたのではなく、単に見張りであったロヴレンの目を無くす為に同行させたのでは。

これ以上なく危険な場所に向かったと、このタイミングで伝えてきた第三王子へのロヴレンとカルロスの怒りが爆発した瞬間であった。

「あんの、放蕩王子だけは……！！！」

20話　未知マニア

「――――キさんの」

本来であれば静粛にしなければならない場所。走るなんて言語道断な場所で、しかし私は叫ばずにはいられなかった。

息切れを起こしていたせいで声が掠《かす》れる。

でも、それでも。

「リキさんの、ばかぁぁぁぁあ！！！」

現在進行形で、私は〝大図書館〟の中で猛ダッシュをしていた。背後から迫る〝青白い何か〟から逃げる羽目になったのは、百パーセント隣で並走するリキさんのせいだった。

「リキさんがあんな事しなければ今頃……！」

最後は、言葉にならなかった。

私はちゃんと提案したのだ。

絶好とも言える機会かもしれないけれど、絶対にヴァンを待った方がいい。

万が一を考えれば、ヴァンのいない今、深追いをするべきではない、と。

けれど、私のそんな真っ当な意見を聞いた上でリキさんはこの好機を逃すべきではない。

後を追おう。

そう言って、乗り気じゃなかった私の手を掴《つか》み、半ば強引に追い掛けようとした。

それこそが、間違いの第一歩。

そして最大の間違いがハクの存在だった。

明らかに追い掛けるべきでない相手に対して、あろう事か、リキさんを止める役として活躍してくれるであろうハク《相棒》が私を裏切ったのだ。

要するに、ハクも追い掛けるのに賛成派だった。

『ま、まあまあ、今はその、責めても仕方がないというか？』

「……これ、ハクのせいでもあるんだからね」

ぱたぱたと羽を羽ばたかせ、移動するハクを私は睨《ね》め付《つ》ける。

ハクにも自分がこの状況に陥った一因があるという自覚があるのだろう。

あからさまにリキさんを庇《かば》っていた。

というか、ハクが反対してたら多数決でどうにか出来ていた筈《はず》なのだ。リキさんが正直に聞いてくれていたかは微妙なところだけど。

『……ぃ、いやいやでも、あそこで引き返してたらもう二度とアレに出会えなかったかもしれない訳で』

度々自分の世界に入ってまでハクが考え込んでいたことは知っている。

〝精霊〟と関係の深いダークエルフが関わっていた事も含め、思う事があったのだろう。

それは分かる。

でも、だ。

「その結果こうなってるんだから、私の意見が正解だったんだよ……!!　ハクは当分おやつ抜きだから……っ」

『そんな⁉』

今はまだ怪我《けが》らしい怪我を負ってない事もあり、笑い事のようなもので済んでいるが、一つ気になる事がある。

「……でも、可笑《おか》しな事もあったもんだよな。試作品なら兎《と》も角《かく》、魔導具が使えねえ、なんて事はこれまで一度もなかったってのに」

全く発動しなかった訳ではない。

発動兆候はあった。

私達を追う〝青白い何か〟に対して、リキさんが懐から取り出した魔導具を使おうとした——そこまでは何も問題はなかったのだ。

けれど、発動した瞬間に魔導具がその効力を失った。

そんな摩訶不思議《まかふしぎ》な現象に見舞われたせいで、私達は逃げ出す羽目になっていた。

「故障、は考えにくいんだが、他に理由らしい理由も見当たらねえし」

己なりにリキさんが自分の考えを纏《まと》める。

そこで私はふと疑問に思った。

魔導具が発動しなかった事に対してではなく、男性にしては痩躯《そうく》で、どちらかと言えば女性に近い華奢《きゃしゃ》な体格のリキさんが全く息切れをしていない事についてである。

かれこれ数分は走っているのに、喘鳴《ぜんめい》を隠し切れていない私と異なって、かなり余裕そうだった。

若干、肩で息はしているものの、鍛えてるようには思えないのにどうしてそんなに余裕そうにしているのだろうか。

私がそんな疑問を抱いていた丁度その時だった。

「……ただ、こっちの身体強化の魔導具も普段よりずっと効果が薄れてんだよな。この程度の距離で普通は疲れる筈ねえんだが」

何処からともなく取り出した魔導具を見て、リキさんは答えを口にした。

「……私が必死に走ってる傍で、諸悪の根源のリキさんはそんなものを使ってたんですか」

「え？　ぁ、いや、その、えっと」

巻き込むだけ巻き込んで、自分だけ楽して、私は必死に走っていたと思うと、途端に馬鹿らしくなった。

同時、ふつふつと殺意のようなものが湧き上がる。

「へえーそうですか。あーそうですか。リキさんはそういう人なんですね。よく分かりました」

自分の発言ながら、なんて棒読みで感情の籠もっていない言葉なのだと思わずにはいられない。

けれど仕方がない。

こればかりはリキさんが悪い。

ハクだって、何も言えないのか、無言を貫いているのがその証拠である。

リキさんは私の視線から逃れるべく何度も視線を泳がせた後、やがて、その場凌《しの》ぎをするように口を開いた。

「そ、そういえば、おれ達随分と走ってると思わねえか？」

どうにも、私と同様、体力に自信がない人のようで身体強化の魔導具を私に貸すか否かを葛藤しながらそんな疑問を投げかけてくる。

——いや、そこは私に貸してくれていいじゃん。

つい、喉元まで出かかった不満を私は飲み込んだ。

「……確かに、そうですね」

色々と不満はあったが、現状把握に努める。

体感なのであまりアテにはならないが、少なくとも五分以上は走っている。

あの裏口からそこまで歩いた記憶もなければ、確かに〝大図書館〟は広かったが、表の入り口まで五分走っても着かないほどの距離があるようには見えなかった。

なのに、私達は未だに走っている。

逃げる事に必死になっていたから疑問に思わなかったけれど、言われてみればそうだ。

「未だに出口に辿《たど》り着《つ》く様子もないし、こりゃ、考えられる可能性は一つだけだな」

答えは私でも分かる。

「恐らく、これが一連の〝失踪〟の正体で、おれ達はそれに巻き込まれたと考えるべきだろうな」

魔法による仕掛けが作動したのか。

はたまた、魔導具による何かか。

判然とはしていないが、何らかの事象に巻き込まれたと考えるべきだろう。

運が良いのやら、悪いのやら。

……いや、ヴァンと合流出来ていないのだから、これは運が悪い部類だ。

『……ちなみに、失踪した人間が見つかったケースは？』

「あると言えばある」

「……なんですか、その含みのある言い方は」

初対面だからと私の中にあったリキさんへの遠慮は、先程までのやり取りで極限まで削り取られていた。

責めるような物言いをする事への抵抗がもう一切と言って良い程に存在していない。

「気を失った状態で見つかった生徒がいたって話はもうしただろ？」

「ええ、それは聞きましたけど」

「失踪した筈の一部の生徒が、見つかったケースもあるにはあった。ただ、それは気を失った状態でかつ、数日経っても目覚めない重症の状態で、なんだわ」

要するに、無事で見つかったケースがないから素直に「ある」と答えられなかったということか。

――いやでも、待てよ。

「……それって、もしかしなくてもお姉様と同じ症状なんじゃ」

何かが私の中で繋《つな》がったような気がした。

この考えが的外れでないならば、〝大図書館〟での一連の騒動に、少なくともダークエルフが〝精霊〟の存在が噛《か》んでいる事は確かなものとなる。

――しかし、そこまでだ。

核心の部分にまでは踏み込めない。

少なくとも、この〝大図書館〟で何が起こっているのか。それを突き止めない限りには。

「というか、どうしてリキさんはそれを先に話してくれなかったんですか？」

「治療方法が分かってる訳でもなし、それに、本当に同じ症状かどうかの確信がおれにはなかった。だから変に勘違いをさせる結果になる事は避けようと思って話さなかった」

意外にも尤《もっと》もな理由だった。

とはいえ、である。

「……ただ、色々と理解出来たのは良い事だが、出口に辿り着くどころか、ヴァンとも合流出来ねえんじゃ、完全にジリ貧だなこりゃ」

未だ走り続けているが、辿り着く気配はない。同じような景色が延々と続いている。

私達の体力が尽きるのが先か、正体不明の〝青白い何か〟に捕まるのが先か。

そういう話になってしまっている。

「だが、ここで体力切れを起こすくらいなら、物は試しで色々とやってみるのも手ではあるよな」

顔の向きはそのままに、視線だけが動く。

私と。そして、ハクへ。

「たとえば、魔法をドカンと一発撃ってみるとか。尤も、あんたの場合は〝精霊術〟になるんだろうが」

割とその提案はアリな気がした。

けれども、それをするならば息を切らしている私ではなく、リキさんがすべきではないだろうか。

「無理無理。おれの場合は魔導具製作の能力全振りだから、魔法はからっきしなんだわ」

……丁度、私の頭の中を覗《のぞ》いたのではと思ってしまう程にピンポイントな言葉がやってきた。

なんて頼りにならない人なのだろうか。

「……ハク。手伝って」

『分かったよ』

何はともあれ、ここはやってみるべきだろう。正体不明の〝青白い何か〟に相対する事に顔が引《ひ》き攣《つ》るけれど、そうも言ってられない。

逃げる足を止め、相手の方へ向き直って直視。

逃げ出したい欲に駆られたけれど、それらをどうにか押し殺して私は編み上げる。

「光よ――――」

相手は幽霊のような存在。

ならば、どこぞの物語のように光で浄化など出来てしまうのではないか。

殆《ほとん》ど願望のような思考回路だが、それに従い私は精霊術を行使。

そうあれかしと願う。

やがて、確かな手応えと共に精霊術が発動――聖光がごとき光が敵に降り注ぐ……と思われた瞬間、編み上げた筈の精霊術が何故か掻き消された。

「――え」

まるで薄れて消えるような。

リキさんの魔導具の時と同じような光景が、私の目の前で広がった。

『……ッ、ま、ず』

足を止めてどうにかしようと試みた事で、ある程度存在していた距離が縮まってしまっていた。

恐らく、敵の射程圏内。

故に、逼迫《ひっぱく》したような様子でハクが声を漏らす。

精霊術が何の予兆もなく、掻き消されたという事実を前に呆《ほう》けていた私は、即座に逃げるという事が出来なかった。

次いで、焦燥感に駆られたハクもハクで精霊術を行使にかかるも、それすらも掻き消される。

しかし、何故かその速度が私よりもずっと遅かった。

……意味が、分からない。

「……やっぱりそういう事かよ」

最中、妙に納得したような様子で忌々しげに呟《つぶや》くリキさんの言葉が頭に残った。

直後、手を取られ、ぐい、と引っ張られる。

「足止めは無理らしい。ちょいと時間をくれ、どうにかおれが――」

ジリ貧と分かっていながらも、足止めが無理ならば必然、逃げるしかない。

そう理解したリキさんに手を引かれ、再び足を動かそうとした、その時。


「…………こっちだ」


覚えのない声が聞こえてきた。

感情が希薄な、消え入りそうな声。

私達の目の前に姿を現していなければ、気づく事はなかったであろう青年。

何故ここに人が……？

と、一瞬思うが、目の前の人物が失踪した人間なのではないか。

そう思ったと同時、そばにいたリキさんの顔が滅茶苦茶引き攣っている事に気づく。

まるで、どうして貴方がここにいらっしゃるのですかと言わんばかりに。

リキさんは公爵位を賜った家の人間。

あからさまに敬意を払うべき人間は限られている立場だからこそ、その態度に少しだけ違和感が残った。

でも今は、理由を考えてる時間すら惜しい。

体力の限界もすぐそこ。

それもあって、私達は突如として現れた青年の言葉に従う事にした。

「……声を出すなよ」

無数に並ぶ本棚の隙間に私達を引き込むと、立てた人差し指を口元に当てながら、青年は言う。

隙間とはいえ、横からは丸見えのこんな場所でやり過ごせるとは到底思えなくて、「何を考えているんですか」と言いたくなる。

けれど、声を出すなと言われてしまった手前、反論らしい反論も出来なくて。

もうどうにでもなれと自棄《やけ》になりながら、すぐそばを通り過ぎる〝青白い何か〟に気付かれるのではと戦々恐々として――――。

(……なん、で?)

明らかに私達に焦点を当てて追いかけて来ていた筈のソレは、すぐそばで杜撰《ずさん》すぎる隠れ方をしていた私達に一切気付く事なく、通り過ぎた。

全くもって意味不明、理解不能な現象を前に、私はどうなっているのだと声を上げようとしたが、先んじてリキさんが口を開いていた。

「……どうしてこんな場所にいらっしゃるんですか。殿下」

でん、か?

「いやなに、知識欲に負けてな。それと、ここらで王都を騒がせる賊徒の鼻っ柱を折ってやるのも楽しいなと思ったのだよ」

〝青白い何か〟が過ぎ去り、ある程度の距離が生まれた事を確認した後、殿下と呼ばれた青年は楽しそうにそう答えた。

「賊徒の、鼻っ柱……？」

　まるでそれは、〝大図書館〟で起こっている一連の騒動が、王都を騒がせている帝国の人間とダークエルフによるものだという「確信」を得ているかのような物言いだった。

　疑問が多過ぎて、頭がパンクしてしまいそうだ。

「ああ。これでも一応、王子の身であるからな。放蕩《ほうとう》だなんだと好き勝手言われているが、偶《たま》には貢献してやるのも悪くなかろう？　特に、ダークエルフと帝国の奴等には好き勝手やられてる訳なのだから」

　どうにも、彼は正真正銘、王子様であるらしい。引き籠もりだった私でさえも、第一王子と第二王子の顔は見たことがある。

　その記憶に引っかからないという事は、銀髪の彼の正体が第三王子ラバン・ノーレッドであるという何よりの証拠であった。

　マグノリア公爵家が後ろ盾となっている王子だからこそ、リキさんが顔を引き攣らせているのだという解釈も出来る。

　最早確定だった。

　……確かに、私達の中でも今回の〝大図書館〟での一件にも帝国の人達が絡んでいるのではという予感はあった。

けれど、動機やら、理由が不明だった。

「奴らの狙いは、この〝魔法学園〟の地下に眠る〝聖遺物〟の奪取。その為に私達の国は掻き回され、混乱に陥った。さっきの化物も、その副産物だ」

「……〝聖遺物〟？」

もう、分からない事だらけだった。

『簡単に言うと、古い力を持った魔導具だよ』

「知ってるの？　ハク」

『まぁね。でも、〝聖遺物〟ってのはそんなに使い勝手のいいものじゃなかった筈だけど』

「――その通り。〝聖遺物〟は間違っても使い勝手のいいものではない。だからこそ、この空間が生まれ、あの化物さえもが跋扈《ばっこ》している」

……最近、ハクの姿を見られる人が多いせいで感覚がおかしくなってる気はするんだけど、それでも多過ぎる気がする。

貴方もハクの事が見えるんですねという指摘をどうにか飲み込み、私は殿下の言葉を受けて溜息《ためいき》を漏らすリキさんに視線を移した。

「やはりそうですよねえ。まあ、薄々勘付いてはいましたが、さっきのノアさんのアレで確信に変わったところでした」

「……どういう事ですか」

私を当て馬にしたという事だろうか。

責めるような視線を向けると、「確証が欲しかったんだよ」とリキさんに目を逸らされた。

「要するにこの空間は、魔法や精霊術の行使に必要な〝エネルギー〟を吸収してるって事だ。そしてあの化物は、〝エネルギー〟に反応している可能性が高い。というより、それでほぼ間違いない。そうでなければ、すぐ側を素通りしてくれる訳がないからな」

こんな杜撰な隠れ方にもかかわらず、バレなかった理由を教えてくれる。

王子が何らかの方法で隠してくれたのだろう。

「恐らく、失踪者は生命力のようなものを奪われた結果、目覚めないのだろうよ」

「でも、どうしてそんな事を」

『そのエネルギーが、〝聖遺物〟を使う為に消費されるって事じゃないかな』

……ああ、そういう事か。

「なら、その原因を突き止めて、魔導具なら魔導具を。魔法陣なら魔法陣を壊せって事ですね」

やる事が決まっているなら話は早い。

「その通りだ。が、闇雲に探しても見つからないだろう。現に、かれこれ一日以上彷徨《さまよ》っているが、それらしきものを見たためしがない。あの化物が本体なのかと疑いはしたが、どうにも違うようであるからな」

「成る程……」

人から奪う事を前提にして作られているならば、何らかの対策を立てていても不思議じゃない。

闇雲に探し歩いても確かに時間の無駄だろう。

ならば、今ある手掛かりをもとに行動するべきだろう。

「……そもそもの可能性として、私達が閉じ込められてる場合、この空間は〝擬似固有結界〟に近い筈……」

ヴァンと共に編み出した『ディア・ガーデン』に似通った何かである可能性は高い。

それを前提に考えれば、ある程度見えてくるものがある。

入学の手続きをする必要があるかと思って携帯していたペンを私は取り出す。

紙は携帯していなかったので、心の中で「ごめんなさい」と言って床にガリガリと書き込む事にした。

「魔法を始めとしたエネルギーを吸収してる場合、空間そのものとは別の魔法陣として組み込んでる可能性が高くて――私だったら、その魔法陣はここに置く。でも、魔法師的にはこれはベストじゃない。だったら」

『一応、向こうにはダークエルフがいる。だからノアや僕みたいに精霊術師としての視点で考えても良いかも』

「あぁ、そっか。だったらここは――」

ヴァンと一緒に魔法の勉強をするようになってから、こんなふうに考える事が割と好きになっていた。

何かを一から生み出す事も同様に。

何より、この一件にあの散々迷惑を掛けてくれた帝国の人達が絡んでいるなら、彼らの企みを滅茶苦茶にしてやり返したいという想いも強かった。

　お陰で、やる気に満ち満ちていた。


「意外だな」


最中、ラバン王子の声が聞こえた。

邪魔をする気はないのだろう。

ただ思った事を口にしているだけの様子だった。だから、返事をせずに私に出来ることを続行しようとして、

「ヴァン・エスタークが好いている人間だ。もっと大人しくて、人畜無害な人間なのかと思っていたが、そうじゃないのだな」

「ぶっ」

ガリッ、とペンが斜め上へと無骨な線を描いた。動揺から、手元が狂ってしまったらしい。

『……何をしてるのさ、ノア』

「い、いや、その、な、なんでもありません」

私に話しかけている訳じゃなくて、これはただのラバンさんの単なる感想。

でも、ヴァンのその好いてるはあくまで友達として、だと思いますよと言おうか迷う。

でも、だったら今の私達の婚約者という関係が説明出来なくなる。

それには深い理由がと説明する訳にもいかないし、した場合、色々と面倒臭い上にヴァンの厚意が無に帰してしまう可能性もある。

最善は何も言わない。

聞こえないフリを通す。

絶対にこれに限る。

「だが、惚《ほ》れた理由は分かる気がするな。リキへの態度も良い意味で遠慮がない。普通、放蕩王子だろうが、公爵家の跡取りと王子に囲まれていたら多少なり身構えても可笑しくないだろうに。ただヴァン・エスタークにはそれが心地好かったのだろうな。ああ、その通り。心を許せる友人はいつの世も貴重なものだ」

……いや、これでも十分身構えてます。

でも、位の高い人間だからといって、誰も彼もが失言一つで打ち首に――なんて理不尽な事をする訳でもないし、何なら親しみやすく優しい人ばかりだ。

明らかに怖そうな人ならまだしも、そうでないならばおっかなびっくりビクビクするのもアホらしいかなって思ってこうしてるだけ。

ただそれだけだった。

「それとも、それをしても問題ないと思えるだけの裏打ちされた実力があるという事なのか。ならばその自信はどこから湧き上がってくるのか。いやはや、実に興味深い。貴女《あなた》は未知だ。これ以上なく心をくすぐられる」

……なんか興味を持たれていた。

たぶん、これあれだ。

この方、変人だ。

ツッコミどころ満載だけど、ここでツッコんでしまったら碌《ろく》なことにならない。

集中していて聞こえていなかったふりを通すべきだという予感があった。

「何より、精霊を連れている事にも興味を惹《ひ》かれる。精霊術については殆ど文献が残っていない。特に、精霊に好かれる人間は稀有《けう》であるらしい」

思った事がそのまま垂れ流されてゆく。

私を凝視している筈なのに、ぴくぴくと痙攣《けいれん》を起こしながら引き攣る私の表情にラバンさんは気付いていないのだろうか。

「ああ、気になる。私は貴女にどうしようもなく気を惹かれているらしい。まるで胸を締め付けられるようだ。……そうか。これが、そうなのか。これが俗に言う――『恋』という奴なのか」

「いやそれただの好奇心です」

……流石の私も我慢の限界だった。

これ以上放置していては取り返しのつかない事になりそうで、口を挟んでしまったけどこのラバンさんを私がどうこう出来る気がしない。

知り合いなんだからどうにかして下さいと、縋《すが》るような視線をリキさんに向けてみる。

「この人……じゃない。この方、世間じゃ放蕩王子だなんだと言われてるけど、一言で言い表すなら知識欲の塊みたいな人なんだよ。基本的に、殿下に知らない事は殆どないと思った方がいいレベルで。だからなんだろうぜ。この方は、その、有り体に言うなら『未知』マニアなんだよ」

　要するに、変人という事らしい。

　なんて面倒な人なんだ。

「つぅわけで、その、なんだ。諦めてくれ」

　おれにも無理。と無情にも返された。

　やがて、私が手を止めてラバンさんを見つめ返してしまった事もあり、何故か流れるような所作で手を取られた。

　滅茶苦茶整ったお顔が私の視界に入ってくる。

　ラバンさんに見つめられでもすれば、コロッと恋に落ちてしまう女性もいるのではないだろうか。

　端整な顔立ちに加え、落ち着いた声。

　加えて、身分は一応王子様である。

　私も何も知らなかったら、心臓の脈動が速くなっていたかもしれない。

　でも、目の前のこの方は私を好奇心の対象としか見ておらず、加えて中身は変人だ。

　お陰で熱に浮かされる事もなく、これ以上なく冷めた目で見る事が出来た。

「ところで、この騒動が落ち着いたら一度、城に来ないか。落ち着ける場所で是非とも話を」

城に赴いてみたいという気持ちがゼロと言ったら嘘《うそ》になる。

でも、それに至るまでの心労やらを考えたら行く気にはなれないし、何より今の私はヴァンの婚約者であって。

そんな私が幾ら王子殿下とはいえ、男女二人で――というのは不味《まず》いにも程がある。

だから断ろうとしたその瞬間だった。


「――漸く見つけた、と思ったら、何をやってるんですか。殿下」

親しみ深い声と共に、握られていた手ごと、べりっと容赦なく引き剝がされた。

心なし、怒っているような気がする。

否、怒ってるんだろう。

視線を若干上に向けると、無表情ながら声の主――ヴァンは知り合いならば辛うじて分かるレベルで苛立ちをあらわにしていた。

そのそばで、百パーセント他人事《ひとごと》だったリキさんは、「おっ」なんて呑気《のんき》に言っていた。

それもあってだろう。

「この状況。それと、どうしてここに殿下がいるのか。全部事細かに説明して貰《もら》おうか――リキ」

「……おれかよ」

ヴァンの怒りの矛先は、容赦なくリキさんへと向いた。

まあ、諸悪の根源はリキさんだし、その怒りは全然間違っていないので同情する気にはこれっぽっちもなれなかった。

21話　ドリームチーム

「成る程な。要するに、リキが悪いという事か」

「いやいやおかしいだろ⁉」

若干、ビクビクしながらもことの顚末《てんまつ》を語ったリキさんに、ヴァンは「お前が悪い」と結論を突き付けていた。

納得の出来ない結論に、ぎゃあぎゃあとリキさんが反論を始めようとするが真面《まとも》に相手にされる訳もなく、リキさんを置いてきぼりにヴァンの視線はラバンさんへと向いた。

「とはいえ、殿下について思うところはありますが――」

相手が王子殿下だからだろう。

公式の場でないとはいえ、言葉選びに細心の注意を払った結果、ヴァンは若干言葉を探しあぐねているようだった。

ただそれも一瞬。

しかし、その一瞬の言《い》い淀《よど》みにラバンさんは反応し、首を傾げた。

「……何故だ？　別に、好いてる相手とはいえ婚約者という訳でもあるまい。ならば、私が茶に誘っても」

「ノアは俺の正式な婚約者ですよ、殿下」

「……む。成る程。私が知らなかっただけで関係が進んでいたという事か。ならば、確かに不味《まず》かったな」

本来、婚約というものは両家の承認やら、周囲への披露など、色々と段取りがあるのだが、究極、お互いの御家の当主が承認すればそれは正式な婚約である。

エスターク公爵家で起きたあの騒動の場には、私の両親もいた。

お姉様が色々とやらかした事。

加えて、爵位が上な――それも公爵家相手に逆らう勇気も、そうする事で得られるメリットも皆無という事もあり、言われるがままに両親が承認していたのは記憶に新しい。

書面への記入も本当に一瞬であった。

「ならば、ヴァン・エスタークも共にどうだ？　であれば問題あるまい？」

――……この期に及んでまだ誘うのかと、ラバンさんの面の皮の厚さには驚愕《きょうがく》を禁じ得ない。

そこまで自分の欲求に正直になれるのはある意味、清々《すがすが》しくもあった。

「……まぁ、それなら構いませんが。ですが、その話はまた追々いたしましょう。今は、この状況をどうにかする事の方が先でしょう」

「確かにその通りよな。が、どうにかするにしても手掛かりがない」

「……そうだぜ、ヴァン。お前は知らねえだろうが、この場所全体にエネルギーを吸収する仕掛けが組み込まれてやがる。魔法や魔導具、精霊術の助け抜きにどうやって打破」

――すんだよ。と言い掛けたところで、リキさんの言葉が不自然に止まった。

理由は、発言の途中で遮るようにヴァンが手を伸ばしたから。

「それについてなんだが、気になる話を聞いた」

「……気になる話だあ？」

「入口に細工をしようとしたんだが、案の定、人がいた。そこで、興味深い話を聞いた」

封鎖をされているほどだ。

厳重に鍵をしていようと、念には念をと警備の人員を割く事になんら違和感はない。

「曰《いわ》く、〝大図書館〟の封鎖を願い出たのはレオン・アルバレスであったらしい。それも、一連の騒動が起きる前から、一部の教師や司書に相談をしていたようだ」

「……ふむ？」

ヴァンの言葉を耳にして、ラバンさんの片眉がぴくりと跳ねる。

それもその筈《はず》。

ヴァンの発言は、色々と可笑《おか》しい。

その前提で話を進めるならば、レオンさんは事前に帝国の試みを知っていた事になる。

そして、目的を考えれば〝大図書館〟を封鎖する理由が思い浮かばない。

寧《むし》ろ、開放し続けるように働きかけるべきだ。

なのに何故、封鎖を願い出ていた……？

「俺も初めは意味が分からなかった。が、こいつの話をふと思い出した」

こいつ呼ばわりされるリキさん。

……何か言ってたっけ。

「レオン・アルバレスが、今回の一件に関与するような性格をしていない、というやつだ」

「……あ」

「それを踏まえると、実に都合の良い予想になるが——レオン・アルバレスは止めたかったんじゃないのか」

「今回の一件を、か。確かに、でなければ彼の行動に説明がつかなくなろう。ただ、そう決めつけるのは危険極まりない。せめて、他に何か納得出来るだけの材料があれば」

何かを思いついたのか。

発言を途中で打ち切って、ラバンさんは視線をリキさんへと向ける。

「ヴァン・エスタークの言を聞く限り、貴公、レオン・アルバレスと仲が良いのか。何故？」

確かに、言われてみれば接点らしい接点が思い浮かばない。

けれども、リキさんは彼を庇《かば》っていた。

少なくとも友人程度の付き合いがなければそんな事はしないだろう。

「……あぁ、えと。それは、その。ちょいと話す機会が何度かありましてね。魔導具の製作で、〝大図書館〟に赴く機会が多かったんですよ。その時に、頻繁に顔を合わせてましてね。色々と親切にして貰《もら》ったというか」

魔法の構築は勿論《もちろん》、魔導具の製作にも膨大な知識が必要とされる。

既存の物を上回る何かを作る場合、知識は不可欠だ。故に〝大図書館〟はお誂《あつら》え向きの場所だったのだろう。

「変わった奴でしたよ。でも、良い奴でした。裏表がないっていうのか。兎《と》に角《かく》、嘘《うそ》が下手な奴で、人を騙《だま》す事には絶望的に向いてない性格をしてましたよ。それと、〝ど〟が付くほどのお人好し。将来、多くの人を助けられる人間になりたいって言って、治癒魔法を〝大図書館〟に四六時中籠もって勉強してるようなやつですから」

　庇った理由は、そういう事情があったからと教えてくれる。

　だが、レオンさんは経緯は兎も角、何かを知っていたのだろう。それで行動を起こした。

　そして現在、失踪している、と。

　色々と事情を把握出来はしたが、結局手詰まりな状況へ戻ってきてしまう。

「……ただ、張本人は失踪中で……そもそも、おれらもその仲間入りをしちまってるんですがね」

「ふむ。リキ・マグノリア。貴公の話を信じるならば、レオン・アルバレスは善人という事で問題ないのだな？」

「少なくとも、おれの見る限りでは」

「で、ヴァン・エスタークの話によれば、企てを防ぐ為に奔走していた、と。ならば、これからの動きは決まったようなものだな」

「へ？」

　……もしかしなくても、ラバンさんはレオンさんを捜すつもりなのだろうか。

　そう思った私の予想は次の瞬間、的外れであったと思い知らされる。

「そこまでする人間ならば、何らかの保険を残している可能性が高かろう。勿論、リキ・マグノリアの人を見る目が曇っていなければの話だが。という訳で、リキ・マグノリア。レオン・アルバレスが入り浸っていた場所に案内してくれ」

「いやいやいや！　ここは最早別空間なんだから、本来の〝大図書館〟とは隔離されて――――」

だからその行動に意味はないと言おうとしたであろうリキさんは、言葉を止めた。

理由は恐らく、そんな初歩的な事を知識欲の塊のような人が――――一日近くこの場所を彷徨《さまよ》っていた人間が気づかないものだろうかという疑問。

「――――……そうかよ。繋《つな》がってんのか。ならさしずめ、おれ達が隔離されたというより、隔離されていた〝大図書館〟そのものにおれ達が足を踏み入れただけって事か」

何一つとして疑っていないラバンさんの表情を前に、リキさんは意見を覆す。

それだけの信頼関係があるのだろう。

「確かに、そういう事なら殿下の提案には一理ある。あのお人好しの事だ。保険の一つや二つ、残していても不思議じゃない」

やる事は決まった。

理解した私は、話を聞きながらも動かしていた手を止める。

組み込まれた魔法陣を割り出す為に考えを巡らせていたのだが、無駄骨だったなと思う私に、何を思ってかラバンさんが本棚から一冊の本を差し出した。

「……ぇっと」

「忘れないうちにこれに書き写しておいてくれ。恐らくだが、必要になる筈だから」

本の白紙のページを使えという事なのだろうけど、若干の抵抗があった。

床はまだ修復できるけど、本に直接書き込んでは取り返しがつかない。

「気にするな。これは所詮、高尚に書《か》き綴《つづ》っただけの紙の束だ。私にはその発想の方がずっと価値のある物に見える。故に、問題はなかろう。だが、それでも気になるというなら、私達を助ける為と思って今は目を瞑《つぶ》ってくれ、としか言いようがないな」

私の心情を見透かしたのだろう。

気を遣ったであろうラバンさんの言葉が私に届いた。

「……わかりました」

「問題があれば私が責任をもって庇う。もっとも、紙の本の一つや二つ、燃やしてしまえばバレようもないのだがな」

かなり危ない発言のように思えたが、リキさんが特にこれといった反応を見せてないあたり、これがデフォルトなのだろう。

放蕩《ほうとう》王子呼ばわりされてる理由がよく分かったような気がした。

「しかし、この構築式――魔法の基礎に精霊術の配列を考慮して組んでいるのか。全く土台が異なる二つを当然のように合わせて考えられるその発想力。ふむ、やはり興味深いな」

それを、一瞬で看破してしまうラバンさんの知識力。

「もし、ヴァン・エスタークとの関係が破綻した時は是非とも私の下に来るが」

「殿下？」

「……じ、冗談だ」

縁起でもない事を言うなと、言葉に込められた圧を理解したラバンさんが、「……場を和ませようと思ってだな」などと苦し紛れの言い訳をしていた。

きっと彼はいい意味で欲に素直な人間なのだろう。人の悪意にそれなりに触れてきた私だから、そういう人は珍しくて——不思議と嫌いではなかった。

「……でも、本当にこんなところに手掛かりが——あったわ」

レオン・アルバレスがよく赴いていた場所。

迷いのない歩調で向かった先、どれだけ時間を要するのやらと思った刹那、あまりにも呆気《あっけ》なくリキさんが手掛かりを見つけていた。

手にしたそれは、治癒魔法についての本が並ぶ本棚の中で明らかに浮いていた。

「でも、こりゃ」

言葉が止まる。

リキさんの顔は引《ひ》き攣《つ》っていた。

『——禁術に関する、本。折り目がついてるページには……〝吸魔の陣〟か。確かに、それなら納得はいく。ただ、幾らか改良をされてるみたいだけど』

知識として知っていた素振りを見せるハクが、気付けなかった理由を口にする。

「……そうまでして〝聖遺物〟を利用しようとする意味が分からねえ。そもそも、連中の目的はなんだ？　〝聖遺物〟ってのは、具体的に何なんだ？」

禁術と呼ばれる外法に手を出し、ここまでの労力を費やして行う理由が見えないとリキさんは言う。

最低限の知識こそ持ち得ているが、詳しい事は知らないのだろう。

そんな彼に対して、ハクは淡々と答える。

『〝聖遺物〟は、聖者が残した遺物だよ。でも、それだけなら労力を費やしてまで得ようとする理由はなかったと思う。ただ、聖者と呼ばれた人間が、如何にして聖者と呼ばれるようになったかが問題なんだよ。彼らが生きていた時代は、今から数百年近く前』

「戦争が絶えなかった動乱の時代に、聖者と崇《あが》められる程の功績を残した人間の遺物だ。現存する魔導具や魔法とは比較にならない効果を有しているのだろうよ。それこそ、国の一つや二つ、どうにか出来る程度には。恐らく、それを使う為に我が国の何かが必要だったのだろう。だからこれ幸いと政争に介入してきた。兄上はまんまとそれに利用された訳だ」

ハクの言葉にラバンさんが続いた。

どこで〝聖遺物〟の情報を入手したのかは兎も角、確かなのは利用されたという事実だけ。

「……正直、兄上に関してはざまあないなとしか思えないのだが……それを差し引いても、一応は私の国でもある。搔《か》き乱《みだ》してくれた礼はせねばならん」

もしかすると、私のように兄弟の関係はあまり良いものではなかったのかもしれない。

しかしだ。

こうして話している間も、この空間にいる限り魔力を始めとしたエネルギーが吸われ続けている。

「という訳でだ」

そして、私の肩にラバンさんの手が置かれた。

「連中の鼻を明かしてやろうと思う」

「……いや、それは難しいんじゃ」

得られた手掛かりは、〝吸魔の陣〟と呼ばれる禁術が使われていることくらい。

精々、一歩前進したかなと思える程度。

「そうでもないさ。貴公なら分かるだろう？　ヴァン・エスターク。そもそも、ここは何処で。誰、のテリトリーだ？」

「……あぁ、そうか。確かにそういう事なら、絞り込めますね」

「え？　え？　分からないの私だけ？」

全く事情が見えて来ない私に気を遣って、首肯を返してからヴァンが教えてくれる。

「ここは、天下の〝魔法学園〟にして、『魔女』と呼ばれる人間が学園長を務める場所。少なくとも、一連の暴挙を『魔女』は黙認しないだろう。ならば必然、『魔女』が気付けない仕掛けを施されていたと考えるべきだろう」

魔法のエキスパートが気付けない仕掛けに心当たりは————ある。

そして、そこに組み込まれた魔法式がどういった構築をされているか。

それについての予想も既に先程大方、終わらせていた。

……ほんとだ。本当に必要になった。

気が付くと同時、ラバンさんの手は私の肩から離れていた。私の発想が必要になると強調したかったのだろう。

「タネが分かれば後は簡単だ。魔法陣を弄《いじ》る際、一番気を付けなければならない事は暴発だが、生憎私達は何の魔法陣が組み込まれているか。その凡《およ》その見当がついている状態にある」

断言する事は誉《ほ》められたものではないが、この状況を考えれば殆《ほとん》ど確定しているようなもの。

成る程確かに、ラバンさんの言う通りだ。

さっきまでは変人とか思っちゃってたけど、頭の回転の速さといい、凄い人なのだろう。

……だけどふと思う。

どうしてラバンさんは〝大図書館〟にいたのだろうか。

もしかして、なんだかんだお兄さんが心配になったから、とか。

国の為にとか、そういった理由で先走ったからとかなのだろうか。

……だとしたら私、さっきからすごい失礼な事を。

「さてさて。謎めいた〝大図書館〟に隠された〝聖遺物〟。実に知識欲を唆《そそ》られる。嗚呼《ああ》、一体何が隠されているのだろうか。何を隠しているのだろうか。あの『魔女』が隠していたものだ。生半可なものではあるまい。何より、あの『魔女』に貸しを作れるのも大きい。見返りに何を要求してやろうか。考えるだけでもゾクゾクする」

悪人もびっくりな笑みを浮かべていたラバンさんの横顔と、呟《つぶや》きを耳にした私は考えるのをやめた。

うん。世の中には知らない方がいい事もあるもんね。うん。そういう事にしておこう。

「まぁ、本来であれば、『魔女』の目すらも掻い潜った禁術を壊す事すら無謀極まりない訳なのだが……不幸中の幸いにもここにはタレントが揃《そろ》っている。一番の鬼門であった〝精霊術〟の使い手及び知識を持っている人物もここに居る」

滅茶苦茶私を戦力として数えているラバンさんに、新米も新米な精霊術師の私には荷が重すぎる。

そう言おうとしたけど、すんでのところで取りやめた。

私が無理と言ったら、じゃあその代わりは？

いないのなら、失踪した生徒達は見捨てるしかなくなる。

だから、私はその事を理解して今だけは弱音は吐かないでおこう。そう決める。

『逃げ出すなら多分、今が最後のチャンスだよ？』

こっそりとハクが言ってくる。

流石に付き合いの長い相棒なだけあって、私の内心など見透かされていた。

「……まぁ、乗りかかった船だし――っていうのは建前で。すっごい不謹慎な事を言っていい？」

『いいよ』

「何というか、少しだけ楽しいんだよね」

『それはまた、不謹慎だね』

「だから先に言ったじゃん」

楽しいのは勿論、多くの人が巻き込まれて騒動になっているこの状況が、ではない。

そこまで趣味の悪い人間になったつもりは毛頭ない。

楽しいのは、こんなにも遠慮なく話せる人達に囲まれているこの状況が、だった。

嫌悪感を剝き出しにする訳でもなく、ありのまま、私と接してくれてる人達に囲まれたこの状況。

もし、学園に通って友達が出来て。

そんな日常を享受していたなら、丁度、こんな感じだったのではないか。

事態はかなり深刻だけれど、私はそんな事を思ってしまっていた。

尤《もっと》も、公爵家の跡取りの二人と王子様を友達扱いするのは不敬極まりない気がするけども。

「多分、私がやらないとしてもみんなはやると思う」

それは、貴族としての義務ゆえに。

貴族らしさとは縁遠く、寧ろ貴族の地位をなげうって家出しようとした私に、その理論は通じない。

恥も、罪悪感もなく逃げ出せる。

でも。

「私、リキさんやラバンさんの事は嫌いじゃないから。だから、手伝おうと思う。怪我とか出来るだけして欲しくないし」

逃げ出す方法はあるかもしれない。

その方法の方がリスクは少ないかもしれない。

だとしても、そういう理由で私は頑張ろうと思う。そう伝えると——ハクに笑われた。

でも、その笑いは嘲笑《あざわら》うとかじゃなくて、もっと優しさに包まれた笑いだった。

お前ならそう言うよなって、全てを理解した上での優しい笑い声。

「……まあ、ノアの事は俺が守るから心配するな」

何処かから私とハクの会話を聞いていたのか、ヴァンが話に混ざる。

「背中は任せた。代わりに、ヴァンの背中は今度こそ私がちゃんと守ってあげる」

「頼もしいな」

「でしょ」

冗談っぽく言葉を返す。

色々と気が楽になったような気がした。

そんな私達のやり取りを前に、不安から話し合っているとでも思ったのか。

へらへらと笑いながら鼻高々にリキさんが近寄ってくる。

「なぁに、心配する必要は微塵《みじん》もねえよ。魔法師のエスタークに、魔導具のマグノリア。知識お化けの殿下に、恐らくノーレッド王国で唯一の精霊術師。計四人のドリームチームだ。失敗する未来が全く見えねえ。それに、何かあってもこの天才魔導具師であるおれが、助けてやるからよ」

「……言うようになったな」

「当たり前だろ、ヴァン。おれはマグノリアだぞ。たとえ父上だろうと、魔導具と魔法式を弄ることでだけは負ける気はねえよ」

「成る程。ならば、ロヴレンだろうと、おれの足下にすら及ばん。さっさと天才のおれに家督を寄越しやがれ――そう言っていたとロヴレンに伝えておこう」

「殿下ぁ!?　ち、ちょ、それは捏造《ねつぞう》過ぎる!!　流石に冗談、ですよね？　冗談じゃねえと、冗談じゃ済まねえ話になってくるんですけど!?　殿下の大事な大事な友人が一人まじで消えることになるんですけどぉ!?」

　必死にラバンさんから「冗談だ」という一言を引き出そうとするリキさんとは裏腹に、ラバンさんはちっとも気にした様子はなかった。

「という訳で、場の空気も和んだところで手始めに、この邪魔臭い仕掛けを壊すとしようか」

22話　デュナン・レジナ

間違いなく、一片の誤りなく、この一連の騒動を引き起こした張本人は帝国の人間である。

エスターク公爵家に赴いたダークエルフの少年の言葉。

そして、ヴァン・エスタークが帝国軍人と見抜いた男の存在こそがこれ以上ない証明だった。

だが、決してそれは総意ではなかった。

帝国に籍を置くある人間の策謀。

故に、他の誰かによる妨害が入る前に事を終わらせる為に拙速を重視しなければならなかった。

そのせいで、完璧とは言《い》い難《がた》い結果に見舞われるとしても。

そして、案の定とも言える結果に落ち着いた。

その最たる例が、腫れ物扱いを受けていた無才の皇子——レオン・アルバレスに計画が露見する羽目になった事だろう。

だが、彼らにとってそれは許容の範囲内の事柄であった。

想定範囲外だったのは、碌《ろく》に力のないレオンが首を突っ込んできたという事。

レオンでは止められないと分かっているだろうに、どうしようもないと理解しているだろうに、それでも食らい付き、〝大図書館〟へ無謀にもあえて踏み込みここまでやって来てしまったという事だった。

何より、そうまでした理由が、

「────……こんな事は、間違ってる」

止められる力など欠片《かけら》もないにもかかわらず、真っ当な倫理観による感情からだというのだ。

……一体誰が、予想出来ようか。

尤《もっと》も、絶望的に人を騙《だま》す事に向いていないと評したリキ・マグノリアであれば僅かの可能性くらいはあったのやもしれないが。

芯の通った声音。

声の主たる青年は、不退転の決意に似た熱量を銀の瞳の奥に湛《たた》えながら口にする。

周囲には、彼にとって見覚えのある生徒が複数人見受けられた。

その足下には、妖しく光る紫色の魔法陣。

その中心部に鎮座し、異様な雰囲気を漂わせるソレが〝聖遺物〟であり、意識を失った生徒達から魔力を、生命力を吸い上げた陣より、動力となるエネルギーを供給されていた。

青年は、どうにかしてこの現状を食い止めたかったのだろう。

しかし、それは叶《かな》わない。

制服の上からでも分かる生傷は酷い有様《ありさま》で、力尽くで解決出来る状況でない事は一目瞭然であった。

「……こんな事は、間違ってる、か」

反芻《はんすう》する。

一言一句違わずに口にする男は、嘲《あざけ》りとも呆《あき》れともつかない様子で青年に視線を向けた。

「確かに、殿下の仰《おっしゃ》る事はよく分かる。これは真っ当な人倫からは外れた行為です。彼ら彼女らを動力に使えば、少なくとも無事で済むという事はあり得ない」

〝聖遺物〟を起こすのだ。

それには、莫大《ばくだい》なエネルギーを必要とする。

如何《いか》に、将来有望な魔法師の卵だろうと、十数人程度の魔力など、ものの数秒で根こそぎ奪う事だろう。

生気すら奪われ、絶命に至る事など少し考えれば子供でも分かる。

そして、〝聖遺物〟が起きてしまったが最後、その動力となるエネルギーを吸い上げる役割を負った〝吸魔の陣〟がディアナ王国全域、そしてノーレッド王国にまで広がり、両国を蹂躙《じゅうりん》する事になる――これはその、準備段階。

始まってしまえば、もうどうにも止められない。

だから、力がなくとも止めなければならなかった。無謀でしかない行為をレオンが敢行したのは、それ故。

彼に選択肢はこれしか残されていなかった。

幸か不幸か、本来ならば〝大図書館〟に踏み込んだ時点で魔力を吸われ、常人ならば時の経過と共に気絶するところ――魔力の一切を持たない無才の皇子故に、そもそも吸われるものがないが為に中心部にまで辿《たど》り着《つ》けてしまった。

「ですがこれは――仕方がないのです。世の中には、必要な犠牲というものがあるのですよ。……ぬるま湯に浸《つ》かっていた殿下には分からないでしょうが」

言葉の節々に、侮蔑の言葉が入り込む。

発言の主である男が、ここでレオンの息の根を即座に止めなかった理由は、彼が助けを呼べる程の伝手《つて》を持ち得ていないと知っているからでもあったのだろう。

もしくは、時間潰しでもあったのだろう。

ただ、それだけではなかった。

彼の言葉の裏に宿っていた憎悪に、感情の変化に聡《さと》い人間ならば気付いた事だろう。

それが、「ぬるま湯」から始まる発言に込められ、レオンに向けられている事も。

少なくとも男は、レオンにいい感情は抱いていなかった。言うなればこれは、嫌がらせなのだろう。

無力な彼に、最大の恥辱を叩《たた》きつけてやる為の嫌がらせだったのだ。

そして、当人であったレオンも、流石にそれに気付いたのだろう。

「……ボクに恨みがあるなら、ボクだけを巻き込めばいいだろう――デュナン侯爵」

レオンが名を呼んだ人物は、帝国において若くして侯爵の爵位を賜った天才。

帝国への忠義も深く、次代の帝国を担う人間として、誰もが疑いを持っていない人物であった。

何故、彼がこんな真似をという疑問が残る。

だが、目の前の光景こそが現実だ。

逃避したところでどうにもならない。

「……ええ。殿下にも恨みはありますとも。才がないにもかかわらず、皇子だからと〝魔法学園〟へと留学。苦労らしい苦労も知らず、何不自由のない生活を送っている。それが当たり前の幸せすら享受出来ずに朽ちていった人間の屍《しかばね》の上で成り立っている事も知らずに。これに憤りを覚えるなという方が無理でしょう」

嫉妬のような愚痴だった。

けれど、違和感が残る。

侯爵位を賜るまでに、苦労があったのだろう。しかし、彼は元々、貴族の出だった筈《はず》だ。

皇家でこそないにせよ、出自は負けず劣らず裕福な家であったとレオンは記憶している。

だからこそ、筆舌に尽くしがたい違和感があった。

そんなレオンの表情を読み取ったのだろう。

「分からない、とでも言いたげですね」

帝国ほどの大国で、侯爵という地位を賜った人間が、こんな危険な真似をする理由がないのだ。

寧《むし》ろ、操られていると言われた方がまだ納得が出来るというもの。

けれど、デュナンにそんな様子は見受けられない。何より、魔法師としての腕を広く認められていたデュナンを操れる人間がいるとは思えない。

「そもそも、ワタシにとって帝国の侯爵などという地位は微塵《みじん》も価値などないのですよ。あるとすれば、少し立ち回りやすいと思える程度のもの」

聞こえてきた言葉は、思案するレオンの前提を土台から粉々に壊すものだった。

「全ては、この日の為のものでしかなかった。全ては、何もかもを巻き込んで帝国を破滅へと追いやるこの日の為のものでしかなかった。故に、彼らは必要な犠牲なのです。我らの悲願の為の、礎《いしずえ》に必要なのです」

理解した。

ここにきて、レオンは漸《ようや》く理解した。

デュナンの目的とはそれ即《すなわ》ち――戦争を引き起こす事。

それも、帝国が世界相手に引き金を引くという前提の戦争を。

だが、分からない。

国の中には、戦争を歓迎する人間が一部、存在している事をレオンも知っている。

領土を広げる為。武功を上げる為。

英雄になりたいが為。

闘争という欲求を満たす為。

理由は人それぞれだ。

けれど、如何に大国と呼ばれる帝国だろうと、世界を相手に戦争を起こせばまず間違いなく無事では済まない。

それどころか、勝算も低いだろう。

破滅の可能性しかレオンには浮かばない。

だから、こうして強行する理由が分からなかった。

彼が戦闘狂などという話もこれまで一度として聞いた事がなかった。

デュナンは、〝大図書館〟に封じられていた〝聖遺物〟を使う事が出来れば劣勢がどうにかなるとでも思っているのだろうか。

「違いますよ。そもそも、前提が違うのです。殿下」

否定の言葉が一つ。

魔窟のような宮中にて、己の欲求を満たす為、様々な策謀が張り巡らされる中で政治的な駆け引きを繰り返してきたデュナンにとって、レオンほど手玉に取りやすい相手もいないだろう。

レオンの頭の中など、デュナンからすれば筒抜けもいいところだった。

「そもそもワタシは、帝国の人間ではないのですから」

「――――……は?」

レオンから、表情が抜け落ちた。

「今から百余年前。帝国の北東に、ムエリダと呼ばれる小国が存在しました。決して裕福な国ではありませんでしたが……王は優しく、真っ当な統治が行われていた。差別もなく、平和な国だった――ワタシは、そう聞いています」

百余年前ともなれば、デュナンはこの世に生を受けてすらいない。

故に、人伝《ひとづて》でしか知りようがない歴史上の出来事。

「だが、そんな平和はある日、唐突に崩れ去った。他でもない、悪辣極まりない帝国の姦計《かんけい》によって」

「…………」

帝国は、他の国を併合して大きくなった国である。そこには勿論《もちろん》、戦争という手段を用いた事もあった。歴史として当時の記録は残っているが、それが本当であるという確かな証拠は最早、得ようがない。

それこそ、百余年前に生きていた生き証人を連れて来ない限りは。

だが、レオンが知る限り帝国が国の方針として謀《はかりごと》で国を滅ぼした事は一度としてない。財政の破綻した国へ手を差し伸べた事はあれど、併合してきた理由も、その根本にいつもあったのは民が豊かになる為という「優しい」理由だった。だからこそ、帝国は反乱らしい反乱もなく、ここまで大きくなった。

勿論、多少の反発や、反対意見も存在する。

けれど、姦計などという、卑劣な行いを帝国が許容する筈がない。

何かの間違いだ。

レオンがそう叫ぼうとした瞬間、無情にも言葉を被せられる。

元より、引き返せないところまで来てしまったデュナンに、今更レオンの言葉は届く筈もなかった。

「ですから、ワタシもワタシの父も、祖国を滅ぼした帝国に身を寄せ、〝草〟として生きていく事を決めた。いつの日か、帝国を破滅へと追いやり、祖国の仇《かたき》を取る為に」

「……〝草〟、だって？」

レオンは繰り返す。

それは、知らないが為に言葉にしたものではない。

その言葉と、目の前のデュナンが結びつかなかったが故に繰り返していた。

〝草〟とはつまり、何者かになりすまし、何年、何十年と敵国の情勢を探る為に潜り込んだ者。

その通称。

そんな人間が、何故、侯爵位を賜るほどの事が出来たのか。

疑問符で頭の中を埋め尽くされる。

「だからこそ、今回のこれは実に都合が良かった。ディアナ王国は勿論、〝魔法学園〟に通う多くの貴族の子息子女。その祖国を纏《まと》めて敵に回せるのだから。流石の帝国も、こればかりはどうしようもないでしょう」

「……何かの、間違いだ」

辛うじてレオンが絞り出した言葉は、あまりに小さく震えていた。

ここまでするのだ。

何かしらの確証があっての事だろう。

腕っ節でも遠く及ばない相手に対して、残された手段は言葉による説得だけであったというのに、今ではそれすらも揺らぎかけていた。

そして、逡巡《しゅんじゅん》する今この時も、刻々と無情にも時間は過ぎていく。

最早、どうしようもない。

どうにもならない。

自分が――――。

帝国の皇子でありながら、才がないからと孤立を選んだ自分に、もう少し人望があれば。

頼れる人間がいたならば、こんな結果にはならなかったのではないのか。

そんな後悔をした――――その時だった。


「――――」


ぴしり、と壊音が響く。

単なる空耳で、気の所為《せい》か。

はたまた、自分一人ではどうにもならないこの現状をどうにかして欲しいという願望による幻聴か。

レオンがそう考える中。

しかしその壊音は、辺り一帯に伝播《でんぱ》し、ぱらぱらと明確な崩落の音となってやってくる。

そして、人の声が聞こえた。


「――――わり。加減を間違えた」

「リキさんを信じた私が馬鹿だったぁぁぁぁあ！！！」

それは、人を責め立てる怒声とも悲鳴ともつかない叫び声であった。

◆◇◆◇◆◇

遡《さかのぼ》る事数分前。

「――――聞いてくれ。おれに名案がある」

私とヴァンが頭をフル回転させ、なんとか〝吸魔の陣〟の大元となる場所を見つけ出した。

そして、私達を追い回してくれたあの幽霊もどきは〝吸魔の陣〟の副産物だったようで、途中、襲われる事もあったが、〝大図書館〟に設置されていた陣を念入りに粉々に壊してやるとその姿は跡形もなく霧散した。

が、一つ重大な問題があった。

「……却下だ。俺には碌でもない案にしか思えない」

付き合いの長さ故か。

内容を一言も聞いていないのに、複雑な表情を浮かべてヴァンはにべもなく冷静に却下した。

「だが、どうしようもなくねえか？　〝大図書館〟にある陣は全てぶっ壊した。でも、〝吸魔の陣〟

の効果は未だ健在。恐らくはまだ何処かにあるぜこれ」

ラバンさんとも協力して、〝大図書館〟中の場所は網羅した。

だからこそ、あの幽霊もどきに何度も追いかけられていたのだから。

けれど、陣を壊したにもかかわらず、効果は未だ続いている。

「そこで、おれは仮説を立ててみた」

「……言ってみろ」

「本命の陣は、コッチにあんじゃねえのかってな」

そう言って、リキさんは足下を指差す。

「そもそも、この建物の作り自体が歪《いびつ》なんだ。元より、地下を想定してたかのような作りだしな」

「そうなんですか？」

「魔導具の為に粗方、いろんな技術は頭ん中に叩き込んでんのよ。間違いねえ」

リキさんとはいえ、腐っても技術者の発言だ。

無視はできないし、何より一応、筋は通っている。

だけど問題は、

『……問題は、その地下に空間があるとして、そこに続く道が散々探し回ったのに誰も見つけられてないって事だね』

ハクの言う通りだった。

「そこでおれの名案なんだよ。恐らく、失踪した生徒達もかなり危ない状況だろう。時間はあまりねえ。だから、きっとこれが最善。聞いて驚け――――それはな」

だから俺は聞く気もないし、そもそももう却下しただろうがと小言を口にするヴァンに構う事なく、リキさんが発言する。

後《のち》の私は言う。

如何に残された時間が少なかろうと、案は採用してもリキさんは信用するな、と。


――――真正面から、床をぶち抜く。

リキさんの名案とは、そんな脳筋極まりないものだった。

そして、現在進行形で私達は落下していた。

「た、っ、たっ、たすけてハク!!」

『ぐぇっ!? ぐ、ぐるしい！ 締まってる!! ぼぐの首が締まってる!!』

羽があるハクにしがみつけば何とかなる。

逼迫《ひっぱく》したこの状況で、頭の中がそれで埋め尽くされていた私は無我夢中でハクにしがみついた。

私よりもずっと小柄なその体軀《たいく》故に、身体ではなく首付近をがしっ、と摑《つか》んでしまう。

申し訳程度にパタパタと羽が動いていたが、私の落下速度が緩やかになる事はなくて。

「死んだら化けて出てやる!! 絶対にリキさんの枕元に化けて出てやる!!」

『そ、その前に僕の方が死にそうな事に気づい、で、ノア……』

たかが地下室の筈が、なぜか全く底が見えず、不安を煽《あお》る深い黒色と浮遊感が「死」を予感させる。

最中、誰かに抱き寄せられる。

「……〝精霊〟に死の概念があるのかは疑問だが、離してやれノア。ハクが死ぬぞ」

「え？　ぁ、っ、は、ハク⁉」

『し、死ぬかと思った』

慌てて手を離す。

危ない危ない。ハクを窒息死させてしまうところだった……。

やがて、数秒にもわたる落下が終わり、魔法によって衝撃を緩和させたヴァンのおかげで私は緩やかに着地。

ラバンさんも問題なく着地し、しかし一つ。「ふべっ」と締まらない声でやや大きめの衝突音が響き渡った。

どうやら、リキさんだけが調整を間違えたらしい。おれ、魔法苦手な事知ってんだろ。助けろよと責め立てるような視線を向けていたが、ヴァンは勿論、ラバンさんも取り合う様子はなかった。

「ご存じでしたか、殿下」

ヴァンが言う。

それは、目の前の光景に対しての疑問。

知識人であるラバンさんに問い掛けるのが一番、手っ取り早いと考えたのだろう。

しかし、その問いに対してラバンさんは「はい」でも「いいえ」でもなく、どちらともつかない答えを漏らす。

「ん。そういう噂《うわさ》がある事は知っていたとも。尤も、ここまでのものとは聞いていなかったがね」

ラバンさんが歩く。

足下には、妖しく輝く魔法陣が広がっている。

先程までとは比べ物にならない脱力感があった。が、それでも「多少」で済む程度だった。

その理由は、私達の足下に転がっている——

「嗚呼《ああ》、良かった。ちゃんと効果、発動してるみてえですね」

——リキさんによる即席の魔導具。

大元に向かうならば、対策が必要だろう。

そう言って、〝吸魔の陣〟の効果をラバンさんとハクから聞いたリキさんが、即席で手持ちの魔導具を解体《バラ》して作り上げていたのだ。

色々と信用出来ない人ではあるが、こと魔導具においてのみ、信用はしていい人。

私の中でリキさんの人物像はそれで固まっていた。

「ところで、あれが〝聖遺物〟って事は何となく分かるんですけど——これは一体、どういう状況なんですかね」

倒れ伏す者達に見覚えはないが、身につけている服に見覚えはある。

恐らく、〝魔法学園〟の生徒達。

奇妙なのは、この〝吸魔の陣〟の傍にいながら、意識を保つ青年と、こちらを鋭い目つきで見据える男の姿。

男の高貴な服装に、胸当たりに付けられた勲章のようなバッジ。

私の記憶が正しければあれは、

「随分な大物が出てきたな、帝国の若き天才。確かそう謳《うた》われていたと記憶しているんだが、若き天才が何故、こんな事を起こしたのか。実に気になるところではあるな、デュナン・レジナ侯爵？」

「……噂に違わぬ、好奇心旺盛なお方だ。ラバン・ノーレッド王子殿下。普通、ここに辿《たど》り着《つ》ける筈がないんですがね」

『魔女』であっても、気付けないように細工をしていたというのに。

という呟《つぶや》きが聞こえた。

「ですが、ワタシの人生が予定通りに進んだ試しなど、一度もなかった」

不敵に笑う。

「何より、あなた方を殺せば間違いなく帝国は終わる。少なくとも、ノーレッドは死ぬ気で帝国と事を構える事でしょう。それは、ワタシにとっても都合がいい。丁度、レオン殿下が人払いをしてくれたお陰で、奪うエネルギーが足りていませんでしたしね」

「成る程。貴公の目的は帝国の破滅か」

「さて。どうでしょうか」

誤魔化しにすらならない形ばかりの誤魔化しを最後に、ラバンさんからデュナンと呼ばれた男は〝聖遺物〟だろうものに手を触れさせる。

「――――〝骸屍錫杖《クシャーナ》〟――――」

〝聖遺物〟の形状が変化する。

髑髏《どくろ》を模《かたど》った趣味の悪い錫 杖《しゃくじょう》へ。

やがて、しゃらん、と音が鳴ると同時、何処からともなく湧き出る――――無数の骸骨。

正常な人間ならば、真っ先に忌避するであろう、魔気《まき》に満ちた異空間が出来上がる。

「……戦争の絶えない動乱期故、聖者は民を守る為に死者すらも使役した、などという文献を目にした時は何をふざけた事をと思ったものだが、成る程。こういうことであったか」

「何を冷静に分析してるんですか、ラバン王子殿下……っ!!」

「あの『魔女』が大仰な箱を造り、こんな地下室に封じ込めていた理由がよく分かる。見る限り、魔力が許す限り屍《しかばね》を召喚出来そうだ」

――――その代償と条件はまだ分からんが。

窮地に陥りながらも分析を止めないラバンさんに、現実を見てくれと告げてみたが、右の耳から左の耳へ抜ける状態だった。

……わ、私達だけで何とかするしかない。

「……先に生徒を助けるべきだろうな。が、数が多すぎる上、守りながらはまず無理だ」

ヴァンの言う通りだ。

どう、する。

どうすればいい。

「加えて、あいつが味方かどうかも分からない」

唯一、傷だらけながらも意識を保っていた青年。デュナンと敵対していたようだが、ここで味方と決めつけて行動するのは危険すぎる。

あまりに困難だらけ。

考えている間にも、屍は刻々と増えていく。

地面から這《は》い出《で》るように、奇声をあげながら更に、更に、更に。

「────す、ぅっ」

その時だった。

不意に、息を大きく吸い込む音が聞こえた。

発生源を探すより先に、続く大音声《だいおんじょう》が私達の鼓膜を揺らした。

「ボクはどうなっても構わないッ!!　だから、せめてこの人達だけでも助けてくれッ!!」

なりふり構わない懇願だった。

「この陣は四隅に配置された宝玉によって維持されてる……ッ!!　だから、まずはそれを壊ッ、い、ぐぁっ」

デュナンの片手で首を掴まれ、青年は苦悶《くもん》の声を上げる。

演技には見えなかった。

しかし、真面に言葉を交わしてすらいない相手を信じるのは如何《いかが》なものだろうか。

そんな考えが脳裏に一瞬だけ過《よぎ》った。

でも私には、彼の言葉が嘘《うそ》とは思えなかった。

だから——馬鹿だという事は自覚してるけど、今は信じる事にした。

「わか、り、ました……!!」

「正気か？」

ラバンさんの疑問は尤もだ。

しかし、

「分かった。おれは右をいく。殿下は左を頼みます」

「……貴公もか、リキ・マグノリア」

「レオンを疑う気がないと言い出したのはおれです。なら、少なくともおれはその意見を貫く責がある。それだけですよ」

言葉に従うように駆け出した。

……あの人が、レオン・アルバレスさんなのか。

「お人好《馬鹿》しが多過ぎる。が、理屈自体は通っている。とはいえ、時間がない。今は……信じる他ないのだろう。まあ、偶《たま》にはそういう賭けをするのも悪くはなかろうて」

続くようにラバンさんも、王子殿下らしくない俊敏な動きで駆け出した。

陣を壊す役割を二人が負ってくれるというならば、私達がやる事は決まったようなもの。

「それじゃあ、まずはあの人達を」

助けなきゃだね。

と言おうとして、言葉が止まる。

油断をしていた私に、屍が襲い掛かってくる。

だけど、ヴァンがすんでのところで剣を差し込んでくれた事で無事だった。

「助けると言っても、ノアが死んだら意味がない」

「ご、ごめんなさい」

……油断しすぎてた。

だめだ。こんなんじゃ。

ヴァンの背中を守るんだから、ちゃんとしなきゃいけないのに。

でも、魔法も精霊術も使い辛《づら》い現状、私にはどうしようも——い、や、ある。

あ、っ、た。

「ノア？」

一人、時間が止まったように無防備に停止する私を見て、ヴァンが不思議そうに声を掛ける。

「ハク」

『まーた、変なこと考えてる顔してるよ』

「ちょっと、力を貸して欲しいのハク」

あくまで今は、使い辛いだけ。

厳密には使えない訳じゃない。

それに、デュナンを止めるには既にエネルギーを蓄えに蓄えた〝聖遺物〟もどうにかしなくちゃいけない。

だったら――――。

「ここからさ」

視線は〝吸魔の陣〟へ。

「魔力を、私も奪えないいかな」

23話　笑い合ってる方がいい

「――――魔力を、奪う？」

ヴァンは、意味が分からないと言いたげであった。

眉間に皺《しわ》を寄せている理由は、私が言葉足らずであったからだろう。

だが、程なくヴァンは私の言わんとする事を理解してくれる。

「……この陣を逆に利用して、〝聖遺物《アレ》〟から魔力を奪うのか」

ダメで元々。

言葉にした事を現実のものに出来る自信など、殆《ほとん》どない。

あるなら、陣を壊しに向かってくれたリキさん達を止めている。

「ここは精霊術や魔法を扱うには燃費が悪過ぎる。だけどそれは、燃費が悪くても問題ないだけの魔力量があれば解決する問題でもある」

私にはヴァンと違って剣の心得はない。

だったら必然、燃費が悪くても精霊術を使ってどうにかするしかない。

だからこその、この案。

「――――ッ」

息をのむ。

悠長に会話をする暇など与えないと言わんばかりに、溢《あふ》れた屍《しかばね》が決壊したダムから流れ出る水のように押し寄せた。


出来るか出来ないかじゃない。

最早、やるしかない。

緩んでいた表情を引き締め、私はしゃがみ、陣へ手を当てる。

「……本当に、世の中、何があるか分かんないね」

言葉は独り言であり、ハクに向けての呟《つぶや》きだった。

傍で、微細の光――魔力を剣に乗せ、限りなく節約を心がけてヴァンが剣線を描く。

見惚《みと》れるような剣技は、こんな状況であっても優美さを損なっていない。

基本に忠実な、確かな努力を重ねてきた剣。

親父殿に言われて仕方がなく剣を――そんな事をヴァンは常日頃より口にするが、曇りのない真《ま》っ直《す》ぐに積み上げたその剣術は、ヴァンの努力の証《あかし》だ。

それを、私はよく知っている。

だから、彼の剣には何よりも信を置いていた。だから、こうして無防備に自分のやるべき事をする事が出来る。

「こんな事なら剣を学んでおけば良かったかな」

冗談めいた一言。

でも、他でもない自分自身が己にその才能が一切備わっていない事を理解している。

ヴァンにせがんで教えて貰《もら》おうとして、素振り一つで軽い怪我を負っていたのが何よりの証拠だろう。

意地を張ろうとしたけど、ヴァンに止められたからという理由ですぐに諦めた事を――――ほんの少しだけ後悔した。

「……ううん。私の場合は、やっぱりこれで良かったのかな」

屍が押し寄せ、ヴァンが剣を振るう。

私の言葉に対する返事も、もう出来なくなるほどに余裕を削り取られる。

しかし、その中で一瞬だけ私達の視線が交錯した。

そして、微《かす》かにヴァンの唇が動く。

呻《うめ》き声と衝突音にかき消され、音として私の鼓膜に届かなかったソレは――――しかし、私自身にはちゃんと届いていた。

読唇の心得もない私がすぐに理解が及んだ理由は、きっとヴァンの言葉だったからだろう。

「『任せた』、かあ。うん。任された」

無謀であるとも、無理であるとも。

ましてや、やめろとすら言わず、ヴァンは迷いなく『任せた』と一言。

その信頼の厚さが肩にずしりとのし掛かる。

でも、やると言ったからには、無様な姿を見せる訳にはいかない。

「────〝アナライズ〟────」

私は、初歩とも言える〝精霊術〟を行使した。

それは、〝精霊術〟にのみ効果を発揮する解析を行うもの。

魔法である筈《はず》の〝吸魔の陣〟に対しては、本来、効果は表れる筈がない。

筈が、ないのだ。

『……よく、分かったね』

しかし、〝アナライズ〟は効果を発揮した。

私の目論見《もくろみ》通り、多少の物足りなさはあるが、効果を発揮していた。

その事実に、精霊であるハクでさえも驚いていた。

「何年一緒に────何年、〝精霊術〟を勉強したと思ってるの」

私に、ラバンさんに比べられるような知識は殆どない。

ただ、唯一張り合えるか。もしくは勝てそうなのは〝精霊術〟に関してのもの。

伊達《だて》に、家に引き籠もってハクと共に学んでいた訳ではない。

そして、勝算ゼロで案を出すほど、お花畑な頭もしていない。

「……ただ、お姉様のようになりたい。そんな想いで勉強してた事がここで役に立つって、本当に皮肉だよね」

アイルノーツ侯爵家の次女として、魔法の才を私もまた望まれた。

けれど私には、お姉様のような才はなかった。

だから、お父様やお母様は私を早々に見限ってお姉様に愛情を注いだ。

でも、お姉様のようになれば、きっと私の事も――そう思って、ハクと出会うまで私はずっと、ずっとずっとずっと魔法を学んでいた。

正攻法でダメなら、違う方法で。

そう思って、足りない頭で考え抜いた。

その努力が、今ここで発揮されるのは本当に、皮肉でしかない。

そんな私だから、禁術と呼ばれる魔法のホンモノを目にして、瞬時に気付けたのだろう。

これは――ある意味で〝精霊術〟であり、魔法でもあるもの。

言うなれば〝精霊術〟を無理矢理に魔法に落とし込んだであろう代物。

取り繕わずに言うとすれば、〝精霊術〟を使えない人間が、無理矢理に使おうとし、魔法によって強引に再現したもの。

魔法を使えない人間でありながら、どうにかして魔法を使えるようにと足掻《あが》きに足掻いた私だからこそ、気付けた。

「でも、そのお陰で足手纏《あしでまと》いにならずに済む」

解析――解析――解析。

頭に流れ込んでくる膨大な情報量。

この禁術を作り上げた人間は、間違いなく天才だろう。

効果が意図的なものだったのか。

はたまた、偶然の産物だったのか。

それは兎《と》も角《かく》、こんな術式を想像にとどめず、現実のものにしてしまえる人間がいた事に驚愕《きょうがく》を禁じ得ない。

ただ――――。

似たような想像は、私も行った。

私の場合は、当時、〝精霊術〟すらも使えない状態だったからどうしようもなかったけれど、今なら。

「〝接続《コネクト》〟――――」

意識全てを陣へ向ける。

完全なる無防備。

けれど、そばにはヴァンがいる。

ハクもいる。

なら、心配する理由は何もない。

術式構成を理解し、頭の中でありったけの知識を必死にかき集めて改変の為の知恵を振り絞る。

術式そのものを改変する必要はない。

禁術というある種の化物を改変出来るとすれば、それは天才を超えた怪物にしか無理だろう。

生憎、私は怪物ではない。

ヴァンやリキさんが力を合わせれば何とかなりそうな気はするけど、今は懇切丁寧に教える時間は勿論《もちろん》ない。

だから、私という凡人に出来る最善策は、魔力を奪うこと。

つまりは、魔法陣自体に手は加えず、後から手を加えられた流入先を変えた上で供給先を私に変えるだけ。

「————ハ、ハハハッ!!」

乾いた笑い声。

今までにない集中力を発揮していたからだろう。私の鼓膜は、遠く離れている筈のラバンさんの笑い声を何故か捉えていた。

「私は貴公を過小評価していたらしい。禁術にさも当たり前のように手を加えるなど正気の沙汰じゃない。一歩間違えれば廃人。否、そもそもそこまで辿《たど》り着《つ》ける人間自体稀《まれ》だ————貴公は化物か？　ノア・アイルノーッ」

化物じゃない。

私よりもすごい化物なんて、それこそ世界にごまんといる。

単に私は、禁術と同じ考えを十年近く行っていたというだけ。

そこに、〝精霊術〟という借り物の力を使わせて貰っただけ。

私の力というにはあまりに程遠い。

「————いくよ、ハク」

基本骨子の理解はし終えた。

ならば後は赤子の手をひねるようなもの。

問題らしい問題は、これまで〝聖遺物〟に注がれていたエネルギーを逆流させて、私が無事で済むのかという事だけ。

だから、ここからはハクの出番。

私一人では無理だけど、二人なら。

私は、禁術へ真逆の術式を通わせ、濃く深く刻み込んでやる。

〝聖遺物〟との繋《つな》がりそのままに、私という新たな受け皿を作った上で、

「――――〝反転しろ《リバークロス》〟――――!!」

どくん。

何かが脈動する音が、殊更大きく聞こえた。

直後、頭の中に。

身体《からだ》の中に何かが流れ込んでくる。

〝吸魔の陣〟の対象が、〝聖遺物〟に。

吸い込んだエネルギーが、私へと猛烈な勢いで、送り込まれてくる。

身体という器をゆうに超えるであろうソレが、堰《せき》を切ったように。

『……ッ、ノア!!　溜《た》め込まないで!!　今すぐ、〝精霊術〟を使え!!』

ひどい、嘔吐《おうと》感。

頭痛。頭痛。頭痛。頭痛。頭痛。

身体が鉛のように重たくなる。

一応、繋がり《パス》はハクにも繋いでいるから負担は軽減されている筈なのに、それでも辛いものがあった。

どれだけ溜め込んでたんだ。

そんな愚痴すらこぼせないほどに、一瞬にして襲いくる不快感。

視界の先に映り込むデュナンが、信じられないものでも見たかのような表情を浮かべていた事が痛快だったが、そうも言ってられない。

だけど、視界を埋め尽くすほどの物量にまで膨れ上がった屍をどうにかするには、適当に〝精霊術〟を使うだけではダメだ。

だから、焦燥感に駆られたハクの叫びに従うのではなく、私は続け様に言葉を口にする。

「ヴァン」

身体が悲鳴を上げているせいで、碌《ろく》に声が出せない。

今の私は、とても酷い顔をしているだろう。

私の声に反応し、肩越しにほんの一瞬振り向いたヴァンの表情が全てを物語っていた。

でも、言いたい事も後回しに、私の伝えたい事を理解してくれる。

要するに。

溢れに溢れたエネルギーを用いて、足下に〝吸魔の陣〟を覆うように更なる陣を展開。

碌に打ち合わせもしていないのに、私達の言葉はものの見事にシンクロした。

「――『ディア・ガーデン』――」

同時、強烈な眩暈《めまい》とふらつきに見舞われ、意識が一瞬、私の手から離れる。

襲いくる浮遊感。

無防備に背から倒れ込んでいるのだと自覚は辛うじてあるのだけれど、肝心の身体の制御が利かない。

……まぁ、少し痛い程度だろうし。

割り切って諦めようとした瞬間、何かに支えられた。

「……流石に、無茶をしすぎだ」

あの物量の屍を一人で対処していたせいで、生傷が見受けられるヴァンにそんな事を言われる。

私に言わせれば、どっちもどっちな気がするのに、深刻そうに心配してくれた。

特別、燃費の悪い技なだけあって、不快感は薄れているが、それでも万全とは言い難い。

とはいえ、

「――まぁ、これで終わってはくれませんよね」

驚きが優《まさ》っていたのだろう。

不意をついたお陰で『ディア・ガーデン』発動分の魔力こそ確保出来たが、相手は腐っても〝吸魔の陣〟を用意した人間だ。

理解のレベルも私とは桁違いだろう。

そんな彼が、私と同じ真似が出来ないわけがない。事実、〝吸魔の陣〟を伝って行われていた魔力吸収も、何故かその手応えが今はもう全くなかった。

どころか、〝吸魔の陣〟に何か細工をしようと試みているように見える。

――――……化物か。

……ひとまず、リキさん達が宝玉を破壊するまでの時間稼ぎをするべきだろう。

ただ、屍は『ディア・ガーデン』による蔦《つた》を始めとした自然が食い止めているものの、術者であるデュナンの動きが不穏すぎた。

「デュナン・レジナ。俺でもその名はよく知っている。曰《いわ》く、数十年に一人の天才であると。その天才が、何を思ってこんな事をしているのか、実に気になるところではあるな」

攻撃の手が止《や》んだ――――というより、『ディア・ガーデン』で強制的に止めさせたところで、ヴァンが口を開く。

こんな事、にはレオンさんが傷だらけの事も含まれているのだろう。

「逆ですよ」

「……逆？」

「数十年に一人の天才が、こんな真似をしているのではない。こんな真似をしなくてはならなかったから、ワタシは天才と呼ばれるように血《ち》反吐《へど》を吐く努力をした。ただそれだけです」

それではまるで、天才と呼ばれるようになる前――――それこそ、幼い頃よりこの行為を計画していたかのような物言いではないか。

順序が逆と指摘を受け、ヴァンは勿論、私も眉間に皺を寄せる。

そもそも、何故、そうしなければいけなかったのだろうか？

「それが。それだけが、ワタシの存在意義であったから。故にこそ」

ばりん、と何かが砕け割れる音が響いた。

それは、〝吸魔の陣〟を構築する際に用いたであろう宝玉が壊れた音。

やがて薄れて消える陣を前に、デュナンは不気味なくらい、晴れやかな笑みを浮かべた。

「失敗する訳にはいかないんですよ。失敗する訳には、いかないんだ。祖国の為にも。死んでいった故郷の人間の為にも。……驚きはしました。ですが、その程度でワタシは止まらない。止まる訳にはいかない。たとえそれで、ワタシが命を落とす事になろうとも」

「――――あ？」

素っ頓狂とも取れるその声は、一体誰のものであったか。

否、最早そんな事はどうでもいい。

重要なのは、確かな違和感がデュナンの言葉と共に発せられたという事実。

気づけば、錫杖《しゃくじょう》が床へ深々と突き刺さっていた。

「八卦《はっけ》を束ね四象《ししょう》を回し、両儀を経て太極へ至れ――――」

詠、唱。

しかし、私は瞬時にさせてはならないと思った。これだけは、止めなければならないと理解した。

なのに、

「広がれ――――〝骸屍錫杖《クシャーナ》〟」

感情とは裏腹に、身体が動かなかった。

無理をし過ぎた弊害。

それを否応《いやおう》なしに思い知らされる。

何より、未だ健在の大量の屍がそもそも、接近を許してはくれなかった。

直後、かは、とデュナンが吐血。

手の甲で拭いながらも、

「……流石に〝聖遺物〟。代償なしとはいきませんか」

そんな呟きを漏らした。

「――そんな事をして、何になるっていうんですか？」

変化が見受けられる。

デュナンの身体の崩壊。

〝大図書館〟の外からであろう異音。

続け様、聞こえてきた『外に向けて〝聖遺物〟を使ったのか』というハクの呟きで、先の行為を理解した。

故の、疑問だった。

こんなものが外に出れば、多くの人間が死ぬだろう。

誰かが死ぬ。

その結果を得て、何になるというのだ。

「理屈じゃないんですよ」

答えがやってくる。

「ワタシは、この為に作られて。生かされて。これを成す事こそが存在意義として育てられてきた。それが正しいのだと教えられてきた。それが、ムエリダの人間としての唯一の道であるのだと」

言うなれば、悲願。

理屈で、それは間違っている。

何になるというのだ。

何より――デュナン《貴方》自身も無事では済まないはずだ。

命を削ってまで、行う事なのか。

そんな、当然とも言える理屈で責め立てても、止まる理由にはなり得ないと否定された。

「苦しんで、苦しんで、苦しんだ人間がいるのに。その元凶は、素知らぬ顔でのうのうと生きている。そんな今を許せるものか。許せる訳がない。許してなるものか。だからワタシは、思い知らせてやらなければならない」

会話の最中にも、屍は増殖を続ける。

どころか、擬似固有結界をもろともせず、侵食を始めていた。

この結界の中は私達の独擅場になる筈なのに、それすらも上回る出力で、侵食力で。

「――知るか、そんなもの」

焦燥感に駆られる私の傍で、毅然《きぜん》とした態度でヴァンが一刀両断に言い放った。

そこには僅かの気負いもなく、ただただ事実を事実として突きつけているだけにしか見えなかった。

「別に、俺はあんたが何をしようが構わない。故郷の復讐《ふくしゅう》に、帝国を巻き込もうが、〝魔法学園〟を巻き込もうが、言ってしまえば俺からすればどうでもいい」

ヴァン……？

「だが、こんな俺にも守りたいものくらいはある。あんたは、俺の守りたいものに二度、刃を向けている。あんたの邪魔をしてやる理由としては、十分過ぎるだろ」

「二度……？」

「こんな俺を慕ってくれる領民達と……こんな俺を、大切な友達と呼んでくれたノアに」

だから俺もまた――許す気はない。

その言葉を最後に、ヴァンは横薙《よこな》ぎに剣を振るった。

直後、蠢《うごめ》いていた無数の屍。

その大部分が、斬り裂かれた。

「――……まだ、進化してんのかよ。一体おれは、いつになったらお前に追いつけるのかね」

それは、リキさんの呟き。

彼が天才と呼んだヴァン・エスタークは、控え目に言って怪物だった。

先のエスターク公爵家での一件では、周囲の貴族を傷付ける訳にはいかなかった事。

得物に慣れていなかった事。
私に気を回していた事。
『ディア・ガーデン』で、相当量の魔力を負担していた事。
顔にこそ出していなかったが、そういった事情が絡んでいた。
しかし今は。
『ディア・ガーデン』の大部分を私が負担し、気を使うべき相手も殆どいない。
私という存在がやはりお荷物になってしまってはいるが、それでも。
「今から先、俺の後ろには風ひとつ通らないものと思え」
直後、デュナンの背後に魔法陣が浮かぶ。
言葉もなく、撃ち放たれる無数の魔法。
だが、それら全てをヴァンは相殺してゆく。
それこそ、言葉の通り風ひとつ通さないようにする為に威力の調整すら行った上で。
本当に、圧倒的であった。
ならば、ここにもう私は必要ない。
デュナンの事はヴァンに任せる。
だから私は――――。
「ラバンさん。リキさん。それと――――レオンさん。手伝って下さい」

私のすべき事をしなくては。

「……随分と顔色が悪いけど」

「気のせいです。そんなことより、早く対処をしないと」

申し訳なくはあったけど、リキさんの心配を一蹴する。

ハクの呟きが正しいなら、今、外は〝聖遺物〟の影響が出始めている頃だろう。

どうにか、しなくては。

それ、と。

「……レオンさんが運んで下さった生徒の方達の状態、かなり悪そうですね」

戦いの最中。

傷だらけの身体に鞭《むち》を打ち、安全な場所へと倒れ伏す生徒達を、移動させてくれたレオンさんに感謝をしつつ、目を向ける。

「それについては、ボクに任せてほしい」

レオンさんが口を開く。

「リキ。キミの魔導具をボクに貸してくれ。知っての通り、ボクに魔法の適性は勿論、魔力も持ち合わせていない。でも、知識は誰よりもあるつもりだ」

「勿論――と言いたいところだけど、手持ちの魔導具は殆ど、〝吸魔の陣〟の対策の為に解体《バラ》してる。作り直す事は可能だけど、時間がかかる」

「なら、私が手伝います」

その状態でか？

言葉こそなかったけど、私を見つめてくるラバンさんの目は口程に物を言っていた。

「私に〝聖遺物〟の知識は殆どありませんが、魔法なら違う。適材適所ってやつです」

外への対処については、ラバンさんに任せるべきだろう。

リキさんにも、今はデュナンが起こしたことへの対処に専念して貰いたい。

何より、身体はこんな状態でも魔力はあり余っている。

「それに、お姉様を助けるときにきっとこれは役立つと思いますし」

私なりの打算もある。

そう伝えると、これ以上は時間の無駄と理解してか、「分かった」と短く一言告げてラバンさん達と別れる事になった。

『……お人好し過ぎるよ』

ハクに呆《あき》れられる。

レオンさんにはハクの姿は見えていないのだろう。

「それに何も言わずに付き合ってくれるハクほどじゃないかな」と答えると、心底不思議そうな顔をされた。

「それ、で。私は何をすればいいですか？」

「ぁ、ああ。この人達は今、魔力を根こそぎ奪われてる状態にある。だから――」

「分かりました。でしたら、助ける方法を教えて下さい」

レオンさんは、今の状態を事細かに説明して、納得をしてから方法を教えてくれようとしていたのだろう。

でも、その時間が今は惜しい。

「……この状況で、帝国の人間でもあるボクを無条件に信用するのは」

「これでも、人を見る目には自信があるので」

私の目に、レオンさんは悪人に映らなかった。これで痛い目を見るなら私がバカだったというだけのこと。

私の言葉を受けたことで、場に降りる一瞬の静寂。黙考。

「分かった。じゃあ、ボクの言う通りにして欲しい。陣はボクが描く。だからキミには、魔力を注いで貰いたい」

シンプルな答えだった。

そこからの行動は早く、レオンさんは精緻な魔法陣を床に描いてゆく。

ただ、それは若干、見覚えのある物であった。

「これ、は」

つい先ほど目前にしていたから、すぐに分かった。

これは、〝吸魔の陣〟に限りなく近い物。

私の考えが正しければこれは、

「……私の魔力を介して、周囲から魔力を取り込む陣ですか？」

大気中には、私達の目に見えないだけで多くの魔力が粒子となって存在している。

消費された魔力は、本来緩やかに大気中の魔力を吸収し、回復してゆく。

それをレオンさんは、意図的にその回復速度を速めようとしている。

〝吸魔の陣〟の特性をよく活《い》かしたものであった。

『無理矢理に魔力を取り込めば、さっきのノアみたいな事になる。だから、大気中から取り込んだ方が間違いなく負担は少なくて済む』

身をもって知っているから、その手段が最善であると理解した。

問題らしい問題があるとすれば、『ディア・ガーデン』を展開したままの状態で私が耐えられるかどうか。

ううん。耐えられるかじゃない。どうにかして、耐える他ない。

そこまで考えたところで、疑問が飛んでくる。

「キミはどうして――――そこまで、献身的になれるんだ？　どうして、そんな負担を己に強いてまで助けようと思えるんだ？」

困っている人がいるから助ける。

己に見返りがなくとも、助け続ける。

そんな、正義の味方のような聖人など、この世には存在しない。

誰もが皆、行動を起こす時には、大なり小なりの動機がある。

レオンさんの言葉には、若干、怯《おび》えが感じられた。

きっとそれは、こうまでする理由が帝国の人間によって被害を受けたから――だから、同じ境遇の人間を助けたい。

そんな感情からくる行動だと思ったからなのかもしれない。

レオンさんは帝国の皇子だ。

決して無関係な立場ではない。

「そう、ですね」

考えてみる。

存外、答えはあっけなく見つかった。

「私がその立場だったら、助けて欲しいと思うから……ですかね？」

もっと具体的な理由を挙げるとすれば、ヴァンの隣に立てるような人間になりたいだとか。

散々迷惑をかけたカルロスさんへの恩返しとか。いつか私にとって大事な人に災いが降り掛かった時、ちゃんと助けられるように。

その予行というか。

あげればキリがないくらいあったけど、根本にあるのはそんな理由なんだと思う。

助けて欲しいと願い続けて――ハクという存在に助けられて。

ヴァンと出逢《であ》えて。

そんな私だから、このくらいの事はしなきゃバチが当たる。見て見ぬふりは出来ない。

それに、彼ら彼女らはこれから〝魔法学園〟に通う私の友達になるかもしれない人なのに。

そこまで考えながら、私は描かれた陣に力を込めた。

襲いくる脱力感。

身体から何かが抜けていく奇妙な感覚。

「まぁ、綺麗事《きれいごと》を言ってるって自覚はあるんですけどね。でも、自分勝手に、自分本位で生きるより、絶対にみんなで笑ってる方が楽しいですし」

鏡を見なくても分かる屈託のない笑みを浮かべ、そう言ってあげる。

すると何故か、レオンさんは瞠目《どうもく》して——頬をほんの少しだけ赤く染めていた。

……どうかしたのだろうか？

「……確かに。キミの言う通りだ。憎み合うより、笑い合ってる方がずっといい」

「ですよね」

やがて、陣にありったけの魔力を注《つ》ぎ込《こ》み終わる。ただ、やり過ぎたのだろう。

気丈に振る舞っていた私に、突然限界が訪れた。今度こそ、倒れ込んでしまう。

『ノアっ⁉』

まだ、やらなくちゃいけない事があるのに。

そう思っているのに、身体はいう事を聞いてくれなくて。意識が保てなくて。

だけど寸前、私の顔に影が落ちる。

聞こえてくる破壊音。

また、リキさんが破壊でもしたのかなと思ったけど、視界に映った光景には何故か、見た事もない女性がいて。

ラバンさんが、「いいとこ取りだな、『魔女』」と呼ぶその女性から、「――――ありがとう。ここから先は、私に任せてくれ」という言葉が私に向けられていた。

24話　少しだけ変化した関係

底に沈んでいた意識が浮上し、覚醒すると同時に慌てて上体を起こす。

すると、そこには見知らぬ猫がいた。真っ黒の、可愛らしい子猫。

「漸《ようや》く、目覚めおったか」

そしてその子猫は、さも当たり前のようにこちらを見据えて喋った。

精霊という存在を知っている私であっても、見慣れた動物が言葉を喋《しゃべ》っている事実に、ここはまだ夢の中か。もしくは、私はもう死んでしまっていて、死後の世界にでもやって来たのかもしれないと思考を飛躍させてしまう。

ごしごしと目元を擦る事数回。

頬を強めにむにっと引っ張ってみる。

でも、目の前の現実は一切変わらなかった。

そんな私が次に取った行動は、現実逃避。

きっと私は疲れてるんだ。

もう一眠りしてから考えよう。

意識を手放して再び、夢の世界に入ろうとしたところで、親しみ深い声が聞こえてきた。

『夢なんかじゃないよ。ノア。その黒猫が、〝魔法学園〟の学園長、らしいよ』

「……ハク？」

『使い魔って言うのかな。今はその黒猫に意識を移している状態みたい』

成る程。全っ然、わからない。

でも、私がこうしてベッドの上に寝かせられてるという事は。

「……どうにかなったっ、て、思っていいのかな」

「お主らのお陰でな」

〝学園長〟――――らしい、黒猫の視線が私と、そのすぐ傍へと向かう。

その動きに違和感があったから、視線を追うと、そこにはなぜかヴァンが座ってベッドに背をもたれていた。

「ヴァ――――」

名前を呼ぼうとしたけど、すんでのところで取りやめる。

理由は、

『今はそっとしておいてあげた方がいいかな。三日三晩、ノアに付きっきりで看病してくれてたから』

すぅ、すぅ、と微かな呼気を響かせて眠りについていたから。

そうしている理由をハクから聞かされて、顔が引《ひ》き攣《つ》る。

「……三日三晩？」

『魔力の使い過ぎ。あれだけ無茶をすれば……まあ、そうなるよねって感じだね』

うげ。

私、そんなに寝込んでいたのか。

「ところで、ラバンさんとリキさんは？」

「あの二人なら国許《くにもと》に帰りおったわ。というより、連行されたが正しかろう。そもそも、王子が一人でぶらぶら出歩いとるのが可笑しいのよ」

リキさんによって、ラバンさんはノーレッドに送り届けられた、と。

その場にいた訳でもないのに、あーだこーだと言い訳をしてぐずるラバンさんの姿が容易に目に浮かんだ。

「ところで、黒猫さん――じゃない。学園長？　さんは、どうしてここに？」

「そんなもの、決まっておろう。礼を言うために待っておった。それだけよ」

「礼？」

「先の一件に対する、礼じゃて。お主らが居合わせておらんかったら、少なくとも死人が出ておった。最悪、この魔法学園がなくなっておったかもしれん。じゃから、礼よ」

そう言われて、私は居心地が悪くなって後頭部を軽く掻《か》いてしまう。

結局、私一人では何も出来なかった。

ヴァンが殆ど解決したようなものだ。

「礼を言うならヴァンに――」

「『礼を言うなら、ノアに言え。ノアが助けようとしていなかったら、俺はそもそも手を貸していなかった。だから、礼を言いたいならノアに言え』そう、言われたのよ」

ヴァンの口調を真似るように、学園長が私の言葉に被せるように言う。

そこには、呆《あき》れにも似た感情が込められていた。

——似た物同士過ぎるじゃろ。

実際に言われた訳でもないのに、そう言われたような錯覚に陥った。

「……律儀、なんですね」

だからといって、三日三晩寝込んでいた相手の側で目覚めるのを待っていたなど、律儀にも程がある。

「それだけの事をして貰《もら》ったからのう。それと、あの王子からの伝言よ。いつでも城に遊びに来てくれ、だと。丁寧に招待状を置いていっとるぞ」

簡素な部屋の角に位置する木造りの机。

その上には、確かに封蠟《ふうろう》をされた手紙が——二つ、置かれていた。

「？」

「片方は、レオン・アルバレスが置いていったものよ。中身は聞いとらん」

——レオンさんが？

「確かに、伝えたからの。それと、何か望む物があればこの猫を通して申せ。儂《わし》に出来る限りの事はさせて貰う。以上じゃ」

それを最後に、黒猫から異様な雰囲気が霧散。やがて、呑《のん》気《き》なにゃおん、という鳴き声が聞こえてきた。

「は、はあ」

結局、あんまりよく分からなかったけど、感謝をされている事だけは伝わった。

ここで待っていた理由は、ラバンさんからの伝言の件もあったからなのだろう。

『……学園長は今回の一件について、調べてるみたいだよ。駆けつけるのが遅くなった理由は、ノーレッドの精霊痕騒動に巻き込まれていたから、らしいね。デュナンって貴族が、特に念入りに彼女には気付かれないようにしてたみたいだから、流石に責め立てるのは気が引けたけど』

事情を色々と聞いたのだろう。

ハクが教えてくれる。

「ところで、レオンさんの手紙って一体何なんだろう？」

ラバンさんの手紙は招待状——というより、己の未知欲を満たす為のものなのだろうが、レオンさんから手紙を貰うことに心当たりはない。

そう思いながら、倦怠感《けんたいかん》の残る身体を起こし、立ち上がる。

手紙を手に取り、中身を確認すると、そこにはあの時、即席で描いていた魔法陣に関する詳しい内容が記載されていた。

手紙の端っこに、「役に立つかは分かりませんが」と申し訳程度に書かれている。

——お姉様を助ける時に。

そんな私の呟《つぶや》きを覚えていたのだろう。

この人も律儀すぎるというか何というか。

「……これは実家に送るとして」

これで、後腐れなくこれからの人生を生きていけそうだ。

そう納得しながら、私は未だ寝息を立てているヴァンの下へと歩み寄る。

この部屋に、ベッドは一つしかない。

私の為に空けていたせいで、床で意識を手放す羽目になっていたヴァンを私の代わりにベッドで寝かせてあげようと試みるも、

「う、動かない」

身体の調子が万全でない事。

私があまりに非力すぎる事。

それらが合わさって、ヴァンを動かそうとしてもびくともしなかった。

「ハク、ちょっと手伝って――――って、いないし」

相棒に助けを求めてみるも、肝心のハクは先ほどまで学園長の意識が乗り移っていた黒猫に興味津々のようで、部屋の外に出た黒猫を相手に、ふむふむと唸《うな》っていた。

「起こす、のは流石に申し訳ないし、どうしたものか」

自分の非力さを恨みながらも、抱きしめるような形でもう一度試みようとして。

ちょうど、お互いの鼻が触れ合う程の距離になっていたところで、ぱちりとヴァンの目が開いた。

別に、何か変な事をしようとしていた訳でもないのに、身体が硬直してしまう。

やがて、見方によれば男女の逢瀬《おうせ》に相応《ふさわ》しい行為をしようとしていたと勘違い出来る状況ではないだろうかと考えが至る。

瞬間、顔から湯気が出てるのではと思う程に、熱くなる。

でも、そんな私の葛藤などどこ吹く風とばかりに、私の首にヴァンの手が回され、今度こそ本当に抱き合うような形になっていた。

「な、何してるの」

「なんとなく、こうしたかった。だめか?」

「……だめじゃないけど」

別にヴァンだから嫌な気持ちはしないし、私達は一応、そういう間柄でもあるから拒絶する気はないのだけれど、恥ずかしいか否かはまた別の問題だった。

「正直、ロヴレンの提案を断っておけば良かったと心底後悔してる」

だけど、熱に浮かされたような気持ちは、ヴァンのその一言によって霧散した。

「〝魔法学園〟なら安全。少なからずそう思った俺にも責任があるから、責めるつもりはないけどな」

全てを知った上で、ロヴレンさんが〝魔法学園〟を勧めた訳ではないとヴァンも理解してるのだと思う。

「……でも、こうして私達がいなかったら」

「誰かが死んでたかもしれないな」

いなかったら、もっと取り返しのつかない事になっていたかもしれない。

そう思うのは、驕《おご》りが過ぎるだろうか。

私の考えを否定するように、ヴァンは言い切った。

「それは、ラバン王子だったかもしれないし、レオン皇子だったかもしれない。リキだったかもしれない」

「だったら」

この結果で良かったと、どうして丸く収めるような言葉を言ってくれないのだろうか。

「それでも俺は、ノアには傷ついて欲しくない。今回のように、無茶をして欲しくない。万が一があるような場所には、間違っても首を突っ込ませたくない。たとえそれで、俺が嫌われるとしても」

「……私がヴァンの事を嫌う訳ないよ。まぁ、ちょっと過保護過ぎる気がするけど」

「それは、気を失うまで無茶をしなくなってから言ってくれ」

ごもっともだった。

「なあ、ノア」

「うん？」

「この際だから言うが、俺に迷惑を掛けたからとか、親父殿を振り回してしまったからとか。そんな考え、まだ持ってるだろ」

「…………」

無茶をした理由の一つです、とは流石に言えなくて。でも図星過ぎる唐突な指摘に、私は口を噤む他なかった。

「百歩譲って、ノアの意思で無茶をするのなら、俺はそれを尊重する。その為なら、俺も力を貸す。勿論《もちろん》、あんまり気は進まないが」

籠の中の鳥になれとまでは言ってないんだろうけど、言葉の節々から嫌なんだろうなっていうのは物凄く伝わってきた。

「ただ、俺や親父殿の為に無茶をしようとする事だけはやめてくれ。どうせノアの事だから、借りがあるからとかそういう考えなんだろうが、そもそも、借りなんてものは何もない」

「へ？」

「親父殿はこの縁談で、漸く肩の荷が下りたと大喜びしてたくらいだ。俺なんて、もっとタチが悪い。言ってしまえば状況を盾にして、好きな人間との縁談を無理矢理纏《まと》めただけだから」

「…………」

突然の告白に、なんと返したものかと悩んでしまう。

そして、取り敢えず、この場から逃げようかなとか思ってみるけど、首に手を回されてるこの状況で逃げられるわけもなかった。

「一応それとなく伝わってると思ってたんだが、全く伝わってなかったから、打ち明ける事にした。友達の関係も嫌いじゃなかったんだが、こう言った方が多分、ノアはちゃんと考えてくれるだろうから」

これが仮に、友達として————。

という前提がつけば、確かにあまり深く考えなかったような、気もする。

だけど、好きな人間と言われると流石にヴァンの言う通り、ちゃんと考えてしまう。

というか、考えすぎてしまう。

「だから、借りとか思う必要はないし、寧《むし》ろそう思われてると心苦しくて仕方がない。それと、俺に相応しくないとか卑下するのもやめてくれ。好きな人間にそう思われるのは、正直悲しいから」

……確かに、そういう事なら私の考えは失礼極まりないものだ。

でも、ヴァンが私に……？

そもそもいつから……？

というか、どうして？　なんで？

そんな失礼な考えを巡らせる中、何処からともなく『ニブチンノア』とハクの馬鹿にするような声が聞こえてきた気がした。

……うるっさいな。分かってるよ、私も。


そして、そこで気付く。

気付いてしまう。

ヴァンからの告白に、驚きはしてるものの、全く嫌な気持ちがしない。

というか、これがなんというか、嬉《うれ》しいと思ってしまうあたり、多分……ううん。

私もヴァンの事が好きなんだよなあとあえて気にしないようにしていた事実を、自覚させられる。

「……い、以後気をつけます」

「そういう返事じゃなくても良かったけどな」

きっと、ヴァンが笑いまじりに求めていた返事は、「好きな人間」という言葉に対するものだったのだろう。

言い訳をさせて貰えるなら、こちとら恋愛の「れ」の字もした事がない人間で――――と逃避しようとして。

でも、相手はちゃんと言ってくれたのに私だけ逃げるのってかなり失礼というか、卑怯《ひきょう》な奴過ぎないか。っていう考えが働いた。

特に、大事な友達でもあるヴァンに、そういった態度は取りたくなくて。

ただただ自分の性格が恨めしかった。

「わ、私も、ヴァンの事は好き、だよ？　というか、そうでなかったら多分、無理矢理であっても婚約も受け入れてなかっただろうし」

本気で嫌なら、何処かで逃げ出してた。

「なんで疑問形」

「……今はこれで勘弁してください」

真正面から愛を囁《ささや》けるほど、私の恋愛経験値は高くないのだ。

疑問形になったのはなんというか、言葉の綾《あや》というか。取り敢えず、訂正も含めてまた今度にしよう。

私、がんばった。超がんばった。

「……さ、さーて。早いところお姉様に手紙を送らなきゃ」

そこで漸く、首に回されていた手から解放された。

レオンさんが折角、気を利かせてくれたのだ。また改めてお礼を言いにいくとして、恐らくまだ意識を取り戻していないだろうお姉様に向けての手紙を用意すべく慌てて机に向かう。

「別に、そこまでする必要はないと思うが」

「私の自己満というか。ケジメというか。あんまりいい感情は抱いてないけど、それとこれとはまた別の話というかさ」

「お人好しだな」

「そんなお人好しに付き合ってくれるお人好しには言われたくないかなあ？」

そういえば、ハクにも同じこと言った気がする。

私の周り、お人好しが多過ぎるんだよほんと。

それからというもの。

案の定というか。

実家に送った手紙の返事は来なかったけど、私が気にしているからとこっそり様子を見に行ってくれたハク曰《いわ》く、快復に向かっているらしい。

やがて経過すること、十日。

休校だった学園も、再開する事となり、編入という扱いで私はヴァンと同じクラスにねじ込んで貰える事になった。

ロヴレンさん曰く、一時的な避難の意味で学園を勧めただけだから戻って来てもいいのに。

との事だったが、私が通ってみたかった事もあって、その申し出は遠慮しておいた。


――――お願いがあると言うから、来てみれば。

デュナンの件も含めて、色々と調べる為に奔走する学園長に滅茶苦茶呆れられたけど、ヴァンと同じクラスにしてくれと伝えると本当にそうしてくれるのだから、何事も言ってみるものである。

なんと言っても、そのクラスにはレオンさんやリキさんもいるらしいし、人付き合いがお世辞にも得意と言えない私にとってこれ以上なくピッタリなクラスであった。

『……まあ、向こうが許したとはいえ随分とやりたい放題してるね』

席もヴァンの隣。

ちなみにリキさんは、要注意人物とのことで一番遠い席に移動させるという、横暴が罷《まか》り通《とお》っていた。

いやいやふざけんなよ⁉

などと、文句の声が飛んでいたが、無情にも封殺されていた。名案を信じて危うく死にかけたこともあって、私がリキさんを庇《かば》う理由もなくて。

そんなこんなで。

「初めまして、ノア・アイルノーツです」

私が魔法学園に通う事になるなんて、ついこないだまで想像すら出来なかったけれど、

「これから、よろしくお願いしますっ‼」

慣れない挨拶と共に、勢いよく頭を下げる。

少しだけ変化したヴァンとの関係も含め、私は新しい日々に向かって、一歩踏み出せたような、そんな気がした。

Kラノベブックス

落《お》ちこぼれ令嬢《れいじょう》は、公爵閣下《こうしゃくかっか》からの溺愛《できあい》に気付《きづ》かない

～婚約者《こんやくしゃ》に指名《しめい》されたのは才色兼備《さいしょくけんび》の姉《あね》ではなく、私《わたし》でした～

アルト

2023年10月31日第1刷発行

発行者　森田浩章

発行所　株式会社 講談社
〒112-8001　東京都文京区音羽2-12-21

電　話　出版　(03)5395-3715
販売　(03)5395-3605
業務　(03)5395-3603

デザイン　百足屋ユウコ+タドコロユイ（ムシカゴグラフィクス）

本文データ制作　講談社デジタル製作

印刷所　株式会社KPSプロダクツ

製本所　株式会社フォーネット社

KODANSHA

ISBN978-4-06-531814-0　N.D.C.913　318p　19cm
定価はカバーに表示してあります

ファンレター、作品のご感想をお待ちしています。

あて先　〒112-8001　東京都文京区音羽2-12-21
(株) 講談社　ライトノベル出版部 気付
「アルト先生」係
「tatsuki先生」係

落ちこぼれの私が、
エリート閣下のお友達に――!?
モラハラに負けず、閣下と一緒に
人生を切り開きます!
コミックにて大好評連載中!

漫画◆柏りんこ
原作◆アルト
キャラクター原案◆tatsuki
～婚約者に指名されたのは才色兼備の姉ではなく、私でした～
落ちこぼれ令嬢は、公爵閣下からの溺愛に気付かない
マンガアプリPalcy & pixiv